STIFTUNG
PREUSSISCHE
SEEHANDLUNG

AF007270

Sie sind alle am Anfang ihrer schriftstellerischen Karriere, nicht älter als 35 Jahre. Die meisten suchen nach einer ernsthaften Herausforderung in der Literaturszene. Dazu haben sie die Chance – als Teilnehmerinnen und Teilnehmer des Open Mike in der literaturWERKstatt berlin.

Der Open Mike ist ein internationaler Wettbewerb junger deutschsprachiger Literatur. Schon längst ist er über die Grenzen Deutschlands hinaus bekannt geworden. Die Einsendungen aus Großbritannien, Frankreich, Polen, Schweden, den USA und der VR China belegen dies. Viele Autoren, deren Namen heute im Literaturbetrieb bekannt sind, haben ihre Karriere beim Open Mike in der literaturWERKstatt berlin gestartet. Dazu gehören z.B. Karen Duve, Tim Krohn, Kathrin Röggla, Julia Franck, Terézia Mora, Jochen Schmidt, Zsuzsa Bánk und Tilman Rammstedt.

Sechs Lektorinnen und Lektoren aus renommierten Verlagen – Hans Jürgen Balmes, Gunnar Cynybulk, Patricia Klobusiczky, Sara Schindler, Christiane Schmidt, Jan Strümpel – haben riesige Textberge abgetragen, sich durch 620 in die Wertung gekommene Einsendungen gelesen und die 18 interessantesten Texte herausgesucht, deren Produzenten im November 2004 in die literaturWERKstatt berlin eingeladen wurden.

Der Open Mike ist eine Gemeinschaftsveranstaltung der literaturWERKstatt berlin und der STIFTUNG PREUSSISCHE SEEHANDLUNG. Mit freundlicher Unterstützung der Berliner Kulturveranstaltungs-GmbH.

12. open mike

Internationaler Literaturwettbewerb
junger deutschsprachiger Autorinnen und Autoren

Alle Wettbewerbstexte

Weitere Informationen über den Verlag und sein Programm unter:
www.allitera.de

Der Verlag dankt der literaturWERKstatt berlin und der Projektleiterin Angelika Ludwig für die tatkräftige Unterstützung.

Allitera Verlag
Ein BoD™ Verlag der Buch&media GmbH, München
© 2004 für die Anthologie: Allitera Verlag, München
© 2004 Texte: bei den Autoren
Redaktion: Heike Hauf
Umschlaggestaltung: Kay Fretwurst unter Verwendung eines Fotos von gezett.de
Herstellung: Books on Demand GmbH, Norderstedt
Printed in Germany · ISBN 3-86520-077-X

Inhalt

Angelika Ludwig *Vorwort* · 7

Vincent Andreas *Mein Fotograf – ein Porträt* · 9
René Becher *Mit dem Vater stirbt der Sohn* · 15
Lars-Arvid Brischke *epitaph* · 23
Peter Clar *Wenn das erste Wort geschrieben …* · 37
Barbara Davidson *Luftwurzeln* · 46
Rabea Edel *Das Wasser in dem wir schlafen* · 55
Nanina Egli *Das Paradies beginnt im orangen Rondell
   aus Plexiglas* · 63
Karola Foltyn-Binder *Schönes neues Jahr* · 70
Lea Gottheil *Texte* · 77
Sibylle Luithlen *Familienurlaub* · 82
Christoph Pollmann *Skritzler* · 91
Lars Reyer *Gespenster* · 103
Matthias Sachau *Schütze holt* · 115
Stefan Schein *Brechen Sie Borschtsch? oder Die Abenteuer
   des Kommissars Bruno Bulletti* · 122
Christian Schloyer *pluie* · 130
Albrecht Selge *I'm Oh So Solitude* · 144
Nikolai Vogel *Geld Scheiße* · 149
Monika Zeiner *Kaum nachweisbare unwesentliche
   Fehlposten* · 158

Die Autoren · 166
Die Jury · 169
Preisträger und Jury 1993–2003 · 170

Angelika Ludwig
Vorwort

15 Minuten sind vorüber, der Wecker klingelt und reißt einen von 18 Teilnehmern des Open Mike Jahr für Jahr aus der Lesung seines Textes. 15 Minuten müssen ausreichen, um Publikum und Jury von der Qualität des Gelesenen zu überzeugen.

Die Zeit rennt, und dies tut sie nicht nur für die Teilnehmerinnen und Teilnehmer des Wettbewerbs. Auch für mich ist sie seit dem 6. open mike – dessen Projektleitung ich von Ursula Vogel 1998 übernommen habe – nicht eine Minute langweilig gewesen.

Jedes Jahr Anfang Juli setzt die Spannung ein. Wie viele Einsendungen werden es in diesem Jahr sein? Wie viele junge Schreibende trauen sich, ihre vielleicht ersten, oft sehr persönlichen Texte einem Lektor, einer Jury, die sich aus Autoren zusammensetzt, und einem Publikum vorzustellen? Kurz vor dem Einsendeschluss, oft am 31. Juli in den Briefkasten geworfen, landen die dicken braunen Umschläge in der literaturWERKstatt berlin.

In den letzten sechs Jahren waren es stets über 600 Adressen aus Ländern der ganzen Welt, die wir in die Datenbanken tippten; Berge von Manuskripten wurden codiert, sortiert und an die Lektoren gesandt – in den vergangenen Jahren hat eine beachtliche Anzahl von Lektoren aus deutschen, österreichischen und Schweizer Verlagen den Sommer mit Lesestoff von jungen Autoren verbracht, die sich bewarben. Ihnen möchte ich an dieser Stelle recht herzlich danken!

Die Lektoren haben mir in Gesprächen bestätigt, dass es auch für sie aufregend bleibt, dass es immer Neues zu entdecken gibt. Die Herausforderung liegt darin, nach dem zu fahnden, was entwicklungsfähig, was riskant ist. Das Fertige, das schon Perfekte oder Glatte ist nicht zwangsläufig interessant. Es ist beim Open Mike ein anderer Blick auf die Literatur notwendig als in der alltäglichen Verlagsarbeit, wo die Verwertbarkeit der Lektüre ein notwendiges Kriterium bei der Entscheidung für oder gegen ein Buch ist.

Beim Open Mike ist die Geschichte, die Phantasie des Autors und das Potenzial, das der Lektor im Text entdeckt, wichtiger als die vielleicht perfekte formale Ausgestaltung eines Textes – die ist erlernbar.

Nicht selten hatte ich das Gefühl, dass sich eine Art »Goldgräberstimmung« unter den Lektoren und Literaturagenten ausbreitet. Und besonders schätze ich, dass es in diesem Wettbewerb weder richtig noch falsch gibt – der Open Mike bietet einen Resonanzraum für junge Autoren, die ihre Texte nicht selten zum ersten Mal einer größeren Öffentlichkeit vortragen und sich damit der unmittelbaren Reaktion des Publikums aussetzen. Diesen Mut habe ich immer bewundert. Allerdings war und ist das Publikum auch sehr interessiert, fiebert geradezu mit. Regelmäßig findet der Open Mike 200 Zuhörer oder mehr, viele davon halten die zwei Tage Lesemarathon geduldig durch, schließlich darf man keinen Beitrag versäumen. Die Stimmung ist äußerst konzentriert und den Lesenden gegenüber fair – alle werden mit Aufmerksamkeit und Applaus bedacht. Ich denke, es geht vor allem ums Dabeisein. Hier ist die Autoren-Jury nicht die Hohepriesterin, deren Orakel über die Zukunft entscheidet. Sie vergibt zwar den angesehenen Preis des Open Mike, doch nicht allein die drei Preisträger finden Beachtung: Schon die Einladung zur Teilnahme ist für viele der Start in die literarische Öffentlichkeit.

Zum vierten Mal erscheint nun die Anthologie, die ich als eine wichtige Ergänzung zum Wettbewerb betrachte. Mit ihr wird ein größeres Publikum erreicht und der in der literaturWERKstatt berlin begonnene Dialog zwischen Leser und Autor fortgesetzt.

In diesem Sinne wünsche ich viel Spaß beim Lesen!

Vincent Andreas
Mein Fotograf
– ein Porträt –

Er ist Fotograf und ich bin sein Autor. Ich bin nicht sein Autor, wie die Stylistin seine Stylistin ist oder der Hüpfer sein Hüpfer (so nenne ich die Fotoassistentin mit dem roten Schmollmund, deren Aufgabenbereich mir nie ganz klar ist), aber so heißt es eben, ich bin sein Autor, das ist das Team: Fotograf, Autor, Stylistin und Hüpfer, ich bin ein Teil dieses Teams, seines Teams.

Wir warten. Es ist Mittag, die Sonne steht im Zenit, es ist ein Sommer in Südfrankreich. Das Licht stimmt nicht, hat er gesagt. Dabei wollen wir nur noch die Sache hinter uns bringen. Nur noch dieses eine, dieses letzte Foto fehlt nach der vierwöchigen Produktionszeit, das Portrait des Hauptdarstellers, auf Wunsch des Verlags mit und ohne Pferd und in einer für die Rolle typischen Pose. Aber das Licht stimmt nicht. Es ist zu hart, hat er gesagt. Ich habe nicht gefragt, was das heißen soll: Das Licht ist zu hart. Aber er hat sich geräuspert und trotzdem erklärt: Da brennt alles weg, da säuft alles ab. Und als wäre er sich nicht sicher gewesen, hat er sich danach mir zugewandt und ein kleines fragendes ›oder?‹ hinzugefügt. So macht er es immer. Er erklärt, obwohl niemand fragt, erklärt gerne auch noch einmal für unsere Darsteller auf Französisch. (*Elle est trop dure*; das andere kann keiner von uns übersetzen.) Da säuft alles ab, da sumpft alles weg, hat er neulich gesagt. Das war bei diffusem Licht mit einer sattgelben Sonne nah am Horizont. Und vor ein paar Tagen hat er gesagt: Da dämpft alles ein, da sumpft alles runter. (Er wird seine Erklärungen am Leuchtkasten fortsetzen; ich werde neben ihm stehen mit der Lupe in der Hand, wir werden die Dias auswerten, und er wird mir erklären, wo etwas sumpft und dämpft.) Wenn er sich dann geräuspert, die Lichtverhältnisse erklärt und ›oder?‹ gefragt hat, dreht er eine Runde oder er bricht gleich ab. Jetzt dreht er eine Runde und wir warten.

Ganz still ist es in der Mittagshitze. Nur drüben, hinter dem Gutshaus, ruft jemand. Es ist Französisch und ich verstehe nicht, was da gerufen wird.

Die Stylistin sortiert etwas. Ich höre es klappern. Ein dumpfes und kraftloses Klappern. Sie sortiert etwas in ihrem Schminkkoffer. Es klirrt auch. Aber das Geräusch macht nicht die Stylistin, sondern der Hüpfer. Es ist ein metallenes Klirren. Aluminiumstangen, die aneinander schlagen. Die Stangen des Reflektors, das Aluminiumgerüst, das sie vergeblich versucht zusammenzustecken.

Auch das Pferd macht Geräusche. Klirrende und klingelnde. Es bewegt den Kopf. In der Hitze hat es aufgegeben zu prusten, zu schnauben und zu wiehern. Es frisst nur noch Gras und kaut. Das Metall an seinem Zaumzeug klingelt und seine Zähne malmen. Mit Zaumzeug malmen Pferde schwerfälliger, Gras wickelt sich um das Metall und grüner Schaum tritt vor das Maul. In solch einem Fall weiß der Hauptdarsteller, was zu tun ist. Er kennt einen besonderen Kniff. Er schlägt dem Pferd mit der Handkante auf den Nasenrücken und wenn es das Maul aufmacht, greift er bis zum Handgelenk hinein und holt das Gras heraus. Dunkelgrünes, nasses Gras, zu einer Spirale aufgewickelt.

Jetzt schlägt er nicht, obwohl das Pferd schon wieder schäumt, aber wozu soll er auch schlagen, wenn wir keine Aufnahmen machen?

In der Ferne höre ich, wie sich der Fotograf räuspert. Es ist sein unverkennbares, aufdringliches und nicht zu überhörendes Räuspern, das nicht aus der Kehle, sondern von ganz unten zu kommen scheint, aus dem Bauch, den Genitalien. Ein Schieben und Pressen, das sich immer wieder unerwartet nach kurzem Kampf in ein Röcheln auflöst.

Auch die anderen haben das Räuspern gehört. Es ist noch weit entfernt, kommt von der anderen Seite des Gutshauses, so weit entfernt, dass keiner von uns Vorbereitungen zum Weitermachen trifft. Bloß ein kleiner Ruck durchdringt uns, lässt uns aufhorchen, uns und auch das Pferd, das die Ohren aufstellt. Wird es jetzt? Sagt er ›ja‹? Geht es weiter, voran, bringen wir es hinter uns? Wir horchen auf, obwohl wir wissen, dass es so schnell noch nicht weitergehen kann. Selbst wenn er fertig sein sollte mit seiner Runde und seine Entscheidung dahingehend getroffen hat, dass wir weitermachen, dauert es noch, bis er hier ist. Wir lehnen uns wieder zurück nach dem kleinen Ruck, innerlich, und warten.

Die Stille hat sich verändert. Die Stylistin klappert noch genauso kraftlos, aber es klirrt nicht mehr. Der Hüpfer hat aufgegeben die Aluminiumstangen zusammenzustecken. Dafür macht der Hauptdarsteller Geräusche. Schabende. Fingernägel auf nackter Haut. Ein Kratzen.

Ich glaube zu wissen, wo er sich kratzt. Oberhalb seines Steißbeins sprießt auf der sonst so glatten Haut ein Büschel krauser, dichter Haare. Er hat eine Stelle mit ähnlich krauser Behaarung an den Handgelenken und eine andere über den Knöcheln, aber die sind ganz klein. Ich öffne die Augen und sehe, dass ich Recht habe. Da drüben lehnt er an einem Zaunpfahl. Er kaut an einem Grashalm. Mit der linken Hand hält er die Zügel seines Pferdes, mit der rechten hat er den Bund seiner weißen Reithose ein Stück heruntergezogen und kratzt sich dort, wo ich es vermutet habe.

Eigentlich soll er sich mit der Reithose nicht ins Gras setzen. Es ist eine besondere Hose. Das Prinzenoutfit. Blütenweiß und eng. Er soll sich auch nicht sonnen. Die Haut wird rot, die Schminke verläuft, die Kontinuität ist gefährdet. Doch niemand hat ihm das auf Französisch erklären können.

Es wäre die Aufgabe des Hüpfers gewesen, aber irgendwann haben wir begriffen, dass bei ihrem Bewerbungsgespräch nicht die angeblichen Französischkenntnisse für den Fotografen ausschlaggebend gewesen sind. Seitdem versucht nun die Stylistin ganz ohne Französischkenntnisse das Nötigste zu erklären, was der Hauptdarsteller jedoch bloß lachend mit einem *Elle est trop dure* quittiert.

Der Hüpfer hat sich nicht immer aus diesen Auseinandersetzungen herausgehalten. Am Anfang hat sie wenigstens interessiert zugesehen. Jetzt sitzt sie teilnahmslos da mit ihrem Schmollmund, ein Stück von uns entfernt, von uns und dem Hauptdarsteller. Sie starrt auf die Aluminiumstangen, die sie nicht hat zusammenstecken können, starrt auf das Gutshaus oder ins Leere, während der Hauptdarsteller den Bund der engen Reithose herunterzieht und sich kratzt. (Wie eng die Hose tatsächlich ist, werden wir erst am Leuchtkasten bemerken; der Fotograf wird ›Jesses!‹ rufen, aber kein Wort für das finden, was sich da unter der weißen Reithose abzeichnet; ›Schwanz‹ will oder kann er nicht in den Mund nehmen, stattdessen murmelt er ›So groß!‹ und ›Jesses‹ und ›dabei ist er doch noch so jung‹.) Ich glaube, dass den Hüpfer das nie wirklich interessiert hat: die Haare oberhalb des Steißbeins, die enge Hose und der besondere Kniff mit dem Handkantenschlag und dem Griff ins Maul. Trotzdem sitzen sie jetzt so da – sie starrend, er kratzend.

Plötzlich scheint er ganz nah zu sein. Das Räuspern ist so laut, als wenn er hinter uns steht.

Hektik verbreitet sich. Jetzt aber! Die Stylistin greift noch einmal sortierend in ihren Schminkkoffer und läuft zum Hauptdarsteller, um die verwaschene Schminke aufzufrischen. *Maquillage*, sagt sie. Es ist eines der wenigen französischen Wörter, das sie gelernt hat. Schminke! *Maquillage!* Das Pferd stellt die Ohren auf. Die Hektik des Hüpfers äußert sich darin, dass sie die Aluminiumstangen beiseite räumt. Bringen wir es hinter uns!

Doch das Ganze stellt sich als falscher Alarm heraus. Ein Windhauch muss das Räuspern herübergetragen haben. Die Hektik fällt in sich zusammen.

Elle est trop dure, sagt der Hauptdarsteller. Er lacht, aufmunternd, wie ich glaube, aber die Stylistin ist nicht mehr nur kraftlos. Ich sehe, wie sie mit eingefallenem Gesicht die Schminke zurück in ihr Köfferchen packt.

Eigentlich ist sie schon lange am Ende. Von uns allen hat es sie am härtesten getroffen. Nicht nur, dass sie nie anders konnte, als das Räuspern des Fotografen mit einem eigenen Räuspern zu beantworten, mit einem unfreiwilligen, gequälten Echo – sie hat ihm überhaupt am wenigsten Widerstand leisten können. Nur bei jenem Gespräch unter vier Augen nicht. Da hat sie Widerstand geleistet, aber das hat ihr den Rest gegeben. Er hat ihr den Rest gegeben. Überraschend ist es für sie zu dem Gespräch gekommen. Wir anderen sind an dem Abend nach dem ersten Glas Wein gegangen und sie ist mit ihm plötzlich allein gewesen, allein unter dem französischen Sternenhimmel. Was genau dort besprochen worden ist, weiß ich nicht. Ich habe von ihr nur erfahren, dass es um ein Angebot gegangen ist, darum, dass es eine Vereinbarung gegeben hat zwischen dem Fotograf und seiner Frau. Das Angebot hat die Stylistin ausgeschlagen. Sie hat es zu spüren bekommen. Sie ist unten durch gewesen und er hat ihr den Rest gegeben. Davon haben wir am nächsten Tag zunächst nichts bemerkt. Der Fotograf hat mich wie üblich gefragt, welche Szene wir fotografieren. Ich habe sie ihm erklärt. Trotzdem hat er sich gewundert, weshalb ausgerechnet diese Darsteller am Set sind und nicht andere. Er hat wie immer versucht, mich zu überreden, dass wir eine andere Szene fotografieren. Das Licht sei für diese Szene doch gar nicht geeignet, für die andere passe es besser und so weiter. Ich habe mir wie immer verkniffen zu sagen, dass das Licht für eine Produktion wie diese vollkommen ausreichend ist, und er hat wie immer angefangen, die Motivation zu bemängeln, die Motivation der Crew, die Motivation der Darsteller und die Nervosität der Pferde, und dann hat er versucht, das erste Foto zu machen. Näher ran! *Avance un peu!* Ohren nach vorne! Pferde! *He, Chevaux, les oreilles!* Warum machen die das nicht? Der Hauptdarsteller ist nicht in der Geschichte. Warum schwitzen die? Er hat sich nicht hineinvertieft. *Tu n'es pas dans l'histoire.* Die Schminke verläuft, oder? *Maquillage! Sur l'ombre.* In den Schatten, bitte. Die Pferde sind nervös. Warum geben die uns schlechte Pferde? *Pourqoui est-que* … Ach Scheiße. Du bist nicht in der Geschichte. Das Styling … Stimmt das Styling? Scheiß Styling. Sagen die den richtigen Dialog? Was passiert noch mal in der Szene danach? *Avance!* Scheiße. Die können ja nicht mal reiten. *Les Oreilles!* Ohren! Scheiß Styling. Das Licht ist zu hart. Scheiß Styling.

Dann hat er abgebrochen. Er hat uns stehen gelassen. Am Auto hat er eine Wasserflasche in einem Zug geleert und anschließend eine Runde gedreht. Danach ist das Licht weggewesen. Da sumpft alles runter, hat er gesagt und hat abgebrochen. Und von da an ist die Stylistin an allem schuld gewesen.

Ich glaube, dass er am Abend wieder ein Gespräch unter vier Augen geführt hat, diesmal mit dem Hüpfer. Ich glaube, dass er auch ihr das Angebot gemacht hat und dass der Hüpfer es im Gegensatz zur Stylistin nicht ausschlagen wollte, und trotzdem – da bin ich mir sicher – hat der Hüpfer am nächsten Tag mit dem Hauptdarsteller geschlafen.

Diesmal kommt er ohne jede Vorankündigung. »Also«, sagt er. Keiner weiß, aus welcher Richtung er gekommen ist. Sein Kopf ist rot. Die Entscheidung, denke ich und sehe es den anderen an, dass sie das Gleiche denken. Jetzt aber! Bringen wir es hinter uns! Auf!

Ich stehe dicht neben ihm. Er ist größer als ich. Noch nie ist mir aufgefallen, dass sein Adamsapfel schwillt, wenn er sich räuspert. Ich höre das Schieben und Pressen, spüre, wie es in der Hüftregion vibriert, sich hinaufquält durch den ganzen Körper. Der Adamsapfel schwillt und steigt bis unters Kinn und verschindet plötzlich wie verschluckt. Das war das Räuspern. Jetzt kommt die Entscheidung: »Wir brechen ab«, sagt er. Dann wendet er sich mir zu und während er noch den Mund öffnet, spüre ich, wie mein Blut gegen die Innenseite meines Schädels schwappt. »Oder?«, fragt er. – ›Plopp‹ macht es in meinem Kopf. »Nein«, sage ich. Aus dem Maul des Pferdes schäumt es grün. »Wir machen jetzt das Foto.«

Und wir machen das Foto. Später wird er mir vorwerfen, es falle gegenüber den anderen Fotos ab. Auch bei der Sichtung am Leuchtkasten, zwischen dem ›So groß!‹ und ›Jesses‹ und ›dabei ist er doch noch so jung‹, wird er mir vorwerfen, dass wir das Foto gemacht haben, obwohl das Licht nicht gestimmt hat. *Elle est trop dure.* Zu hart ist es. Da dämpft alles ein, da brennt alles weg, da sumpft alles runter.

Ich lasse ihn reden. So ist er eben – mein Fotograf.

René Becher
Mit dem Vater stirbt der Sohn

Ich müsse mal wieder unter Leute, meinte man, gerade jetzt, und hier bin ich, unter Michel, Helene und Manuel. Hingewichst zwischen Bratwürstelstand und Maibaum, auf dem ein von der Pfarreijugend aus Holz geschnitzter Geier sitzt, der sich im Wind dreht und seine Handlanger beobachtet.

Der Grillmeister in seiner angesauten Schürze reicht die letzten dampfenden Bratwürste. Der Alleinunterhalter spielt uns ein letztes Lied, es mag um Liebe gehen, drauf geschissen.

Helene wippt hin und her. Ich kann ihre harten Brustwarzen unter der silbernen Bluse sehen, und das ist mehr als erwartet. Keck wirft sie sich das sandfarbene Sommerjäckchen um die Schulter, stampft auf, Bewegung tut Not, kalt ist es geworden, verdammt nochmal und noch ist es hell. Unter Leute habe ich müssen, das sind Michel, Helene und Manuel. Das sagt man noch immer, dass ich unter Leute müsse, ja gerade jetzt, ganz ungeniert. Ach, weiß der Teufel!

Helene stößt die Obstlerflasche um und der Inhalt entleert sich auf Michels schöne neue Hose, »Pfui Deibel!«, Michel riecht unglaublich aus dem Schritt jetzt, und ausspeien möchte man auf das alles hier. Ich zumindest. Manuel rettet ein wenig von dem Obstler und gießt uns allen noch mal ein. »Etzadla stoß ma lieba nochamol o«, sagt er, damit endlich einmal etwas gesagt wird hier, und Recht hat er, der Manuel, »etzadla wird ersdamol richdig g'lebd«. Und weg damit.

Arschkalt ist es geworden mittlerweile und der Obstler brennt gut im Körper.

Der Alleinunterhalter klappt sein Notenheft zu und macht die Casio aus. Helene sitzt mir gegenüber und schon wieder haut sie mit dem Fuß voll gegen mein Schienbein, glaubt wohl, ein Tischbein zu treffen. Das macht sie schon den ganzen Abend und man lässt sie machen, weil man sich denkt, vielleicht taugt's ja. Einen herrlichen Brauereipferdearsch hat sie, soviel steht fest, auf den man Hand anlegt, sitzt man günstig, oder besser noch am Bratwürstelstand und Michel passt grad nicht auf. Mit jedem Gläschen Obstler wird er noch großartiger – der Arsch – und man kriegt sich fast überhaupt nicht mehr ein. Und das alles vor den Augen des schwulen Pfarrers. Der auf dem Maibaum sitzt, ganz oben, noch vage zu erkennen, ein von der Pfarreijugend aus Holz geschnitzter Pfarrer in Tiergestalt, ein Geier. Die Flügel eng angelegt an den Geierkörper, den Kopf weit nach vorne gereckt, damit er alles im Blick hat, der Geier, auf der spitzen Geiernase die Pfarrersbrille, beidseitig 1,8 Dioptrien. Sieht trotzdem alles, so hat man sich das gedacht. Wie Gott ja alles sieht, wenn es denn einen gibt, was man nicht laut in Frage stellen darf hier, sonst muss man wieder auf den Beichtstuhl, und ständig der Gedanke, gleich greift mir der Pfarrer zwischen die Beine.

»Was, mein Sohn, führt dich zu mir?«

»Vater, ich stelle die Existenz Ihres Gottes in Frage.«

Die Gedanken sind schwarz.

Und es gibt diese Tage, da fühlt man sich einfach weniger wow, diese Tage gibt es. Und man geht dann unter Leute und versucht darüber zu vergessen. Kippt sich diesen immer noch wunderbar gekühlten Obstler hinter die Binde und wacht am nächsten Morgen auf, denkt wieder und wieder an Vater, fühlt sich noch etwas bräsiger, noch etwas weiter gegen diese Wand gedrückt, wie diese Wirtschaftswundermenschenskinder nach fünfzig ihre noch mageren Gesichter gegen die Schaufenster drückten, aber kein guter Vergleich, alles bereits Sense bei mir, die Hölle auf Erden, und man versucht darüber zu vergessen und so weiter. Und wie immer findet Manuel die passenden Worte für alles und er sagt völlig überraschend, weil er meine Gedanken ja nicht lesen kann, kann er nicht, sagt er also: »Heudzudag gehd alles seina Wech – und iech a.« Sauer kommt einem da der Obstler wieder hoch. Helene rülpst. Aber Manuel bleibt sitzen, wie auch anders, kann man doch mal sagen, wie ja auch: »Iech geh von daham nimmer weg.« Und »daham« ist das alles hier, wo man seine Freunde hat, die man versteht, wo man verstanden wird. Was ungemein wichtig ist: jemanden zu haben. Gemeinde. Nicht alleine zu sein. Gerade jetzt. Gerade jetzt müsse ich unter Leute, wie man sagt, gerade jetzt müsse ich mich ablenken, »etzadla stoßma lieba nochamol o«, sagt man, und »etzadla wird ersdamol richtig g'lebd«.

»Jaja.«

»Ach ja.« Der Maibaum. Schön ist er geworden heuer. Der Maibaum.

Ist ja nichts weiter als ein Stamm. Steht da in der sich allmählich verfertigenden Dunkelheit und die Spitze, auf der ein von uns holzgeschnitzter Geier sitzt, ist kaum mehr zu erkennen. Und man hat mich gefragt, ob ich mittanzen möge um den Maibaum. »Ich will nicht«, habe ich gesagt, »ich kann nicht tanzen.«

»Das kann man lernen«, sagte man, »das ist doch halb so wild.«

Und ich stellte mir vor, wie ich um den Maibaum tanze, mit irgendjemandem, den ich nicht kenne, nicht mag, hineingeworfen in eine Situation, die mir wieder nicht recht ist, so stehe ich da, ganz willenlos, wie sonst immer nur zwischen den beiden Pfosten in der Schule und die Bälle knallen nur so an einem vorbei und so weiter.

»Du musst auch mal an dich ranlassen.« Hat Vater öfter gesagt. Und ich. Ich habe nicht an mich rangelassen.

Immer mehr Menschen verlassen das Fest. Sie gehen durch das große Tor und die Gemeindekatze sieht ihnen dabei zu. Steht am Tor und wünscht den Menschen, die für kurz nur aus der Kirche austreten, Friede sei mit euch. Friede sei mit dir auch, du.

Und noch einmal darf der kleine Junge an der Hand des Vaters der Gemeindekatze über das weiße Fell streichen. Der kleine Junge an der Hand des Vaters, die Arme schaukeln, der kleine Junge hüpft auf und ab, ein Spiel, nichts weiter, die Mutter hält meine rechte, der Vater meine linke Hand. Engelein, Engelein, fliiieg. Ich verliere Boden unter den Füßen, hänge schief in der Luft, und der Vater ist kräftiger, hebt mich viel ernsthafter als die Mutter, die die Lust am Spiel verliert, die sagt, dass ihr Arm schmerze, dass nun aber Sense sei, und ich laufe zwischen den beiden und stoße mich immer wieder von selbst vom Boden ab und sage: Engelein, Engelein, fliiieg, und der Vater auch noch ein letztes Mal und die Mutter überhaupt gar nie. Sie lässt meine Hand los und ich laufe zwischen den beiden, an der Hand des Vaters, so läuft der kleine Junge an der Gemeindekatze vorbei, durch das große Tor, sie verschwinden in der Dunkelheit.

»Der Geier kommt!«

Michel stellt schnell den neuen Obstler auf den Boden. Und Manuel stellt ihn wieder auf den Tisch.

Der Pfarrer kommt auf uns zu. Läuft ganz aufrecht, die Hände in den Taschen seiner Seidenhose, ganz fein gekleidet, das Amt des Priesters ist ein ordentlich bezahltes. Hat kaum einen Arsch in seiner Seidenhose. Mit so wenig Arsch übernimmt der Pfarrer bestimmt immer den männlichen Part, wie man sich das so vorstellt.

Er stützt sich mit einer Hand auf der Bierbank auf. Das silberne Kettchen um das Handgelenk. Mit der anderen Hand streicht er sich die wenigen grauen Haare aus dem spitzen Gesicht, schiebt die Brille nach vorne. »So«, sagt er, »haben wir das auch wieder geschafft, nicht?«

Er greift in die Hosentasche und holt einen Schlüsselbund hervor. Beginnt, am Schlüsselbund zu nesteln, trennt einen mittelgroßen Schlüssel ab, den er vor Michel auf den Tisch legt. »Bist so gut und sperrst dann halt das Tor zu.« Michel nickt. »Schön, dass ihr dagewesen seid. Wir sehen uns dann morgen. Gabriel ist auch hier irgendwo?« Helene zeigt neben die Bierbank und der Pfarrer hebt die Gemeindekatze vom Boden auf, hält sie im Arm, versucht sie zu streicheln, doch die Gemeindekatze windet sich in den Händen des Pfarrers, faucht und kratzt, kann sich schließlich befreien und springt hinunter, verschwindet unter der Bierbank.

Der Pfarrer geht noch einmal um den Tisch herum, dabei berührt er mit der Hand meine Schulter, wir sehen uns an, der Pfarrer nickt aufmunternd, dann lässt er von mir ab. »Und vergesst das Licht nicht«, sagt er noch und entfernt sich, verschwindet langsam in der Dunkelheit.

»Drauf a Schnäbsla. Worauf dringma?«
Auf dies. Auf das. Und auf das andere besser nicht.
Über uns, hinten in der vollkommenen Dunkelheit, thront der Geier, der sich im Wind dreht und beobachtet.

Man wirft böse Blicke auf die Outlaws dieses Städtchens. Zeigt mit dem nackten Finger auf die Dosenbiertrinker, die sich am Brunnen versammeln. Der Flötist mit den Scheuklappen, der vor dem Warenhaus sitzt, eine Schande, eine Lachnummer, nicht der Rede wert. Gottchen, sind wir ex cathedra, steht auf den selbstgemachten Buttons, die die Gemeinde verkauft oder irgendwie sonst unter die Leute bringt.

Der katholische Pfarrer spaziert mit seinem Freund Händchen haltend über den Marktplatz. Man grüßt freundlich, das kennt man schon. Ein guter Prediger, ein Prediger vor dem Herrn, so sagt man doch. Sonntäglich, und auch mal zwischendurch.

Die katholische Kirche sei ein Zufluchtsort für die Ratlosen, die Halt Suchenden. Die Gemeindedienerin verteilt auf dem Kirchplatz Krawatten für die Geächteten dieses Städtchens. Verlassen sie das Gotteshaus, wie man ja sagt, werden sie nach kostenpflichtigen Kerzen, Gebetbüchern, Oblaten, mit Gold besetzten Kelchen, Kreuzen durchsucht.

Der Pfarrer flaniert derweil mit seinem Freund Händchen haltend über den Marktplatz. Liebend gerne würde er selbst die Leibesvisitation in Angriff nehmen. Aber der Pfarrer flaniert mit seinem Freund Händchen haltend über den Marktplatz.

Der Pfarrer hat sich einen Freund ausgesucht, der ähnlich edle Kleider aufträgt wie er selbst. Um das rechte Handgelenk dasselbe silberne Kettchenmodell, das beide bis in den Tod hinein und darüber hinaus aneinanderbindet. Man grüßt freundlich, das kennt man ja schon.

Mütterhände, die vor die Augen der kleinen Kinder gehalten werden, passiert man den Brunnen der Biertrinker, in dem Fastfoodverpackungen im mit Urin und Spuckeschluckbier vermengten Wasser schwimmen. Dazu die krankhaften Töne des verklappten Flötisten.

Ich sehe nicht. Ich höre nicht.

Ich diene nicht.

Vor dem Religionsunterricht, Erbauung, wie man sagt, noch schnell ein Eis mit dem Freund bei Gianfranco. Vanille-Kirsch-Kugeln. Die die beiden dann mit der Zungenspitze langsam ablecken, weil sonst zu kalt. Vor dem Religionsunterricht. Und dann vor die Klasse treten. Wo ein Schüler mit dem sechsten Gebot partout nichts anzufangen weiß. Sechstes Gebot und Sex, verstehst du?, sagte doch die Mutter schon immer. Appetit derf ma sich holn, aber gessn wird daham, fällt mir auch noch ein.

Aber ein Schüler weiß partout mit dem sechsten Gebot nichts anzufangen. Ganz ungehalten wird der Pfarrer da. Packt den Schüler am Kragen, zieht ihn vom Stuhl, drückt seinen Körper nach unten und verabreicht ihm kleine Schläge auf den Po. Er grinst dabei und vielleicht hängt seine Zunge ein wenig aus dem Mund. Vanille-Kirsch. Ganz heiß macht ihn das. Die katholische Kirche treibt ihre Priester in die Arschfickerei.

Kein Teufel mehr hier. Der Alleinunterhalter hat sich eben noch verabschiedet, »bis morgen dann«. Auch der Grillmeister ist, die letzte heiße Bratwurst essend, durch das große Tor gegangen und in der Dunkelheit verschwunden. Ist schon wirklich kalt jetzt, verfickt noch mal.

Helene haut voll mit ihrem Fuß gegen mein Schienbein und grinst mich an. Ich ziehe meine Beine zurück und Helene hämmert voll ins Leere und sie bemerkt ihren Fauxpas und sagt: »Hobbala.«

Noch einmal wird allen eingeschenkt. Helene sagt, dass der Obstler sie ganz fickrig mache und Michel steuert das nächstbeste Gebüsch an, tritt aus, muss er ja nicht wissen, das mit Helene. Manuel dagegen zeigt Interesse und seine Hand wandert zwischen Helenes Schenkel, die sich folgerichtig öffnen.

Manuel ruft zu Michel, dass er voll in den Pfarrersgarten hineinstrulle, »der wird sich nachert freun«.

»Des is mir worscht«, antwortet Michel, der aus dem Dunkel zurückwankt, Helenes Schenkel schließen sich, Michel zieht den Reißverschluss zu, wischt sich die feuchten Finger an seiner Hose ab.

Und ich male auf Bierdeckel, Schraubverschlüsse und meine Fingerkuppen kleine Hitlers, Hitlergesichter, zwei Schrägstriche oben, ein ausgemaltes Quaderstückchen mittig unten. Und Manuel lacht wie nicht mehr ganz gescheit darüber.

Helene fingert im Obstlerflaschenhals herum und von irgendwoher ein Rascheln, die Gemeindekatze, und Helene bleibt mit ihrem Zeigefinger im Obstlerflaschenhals stecken und schaut sich um und läuft rot an, es ist dunkel, und lacht auf und hebt ihre Hand und auch die Obstlerflasche und lacht laut auf. Fump! Dann kühlt sie Michel mit ihrem obstlerbefeuchteten Finger die Lippen. Helene betritt Grenzgebiet. Und Michel, die Augen geschlossen, Helenes Finger an den Lippen, die sich öffnen, und er sagt: »Ned aufhörn, weidermachn, machsd gud, ahh.«

Lern Leute kennen, die sind wie du.

Und mit dem Vater stirbt der Sohn.

Und mit dem Vater lebt der Sohn. Der Rede wert. »Ich bin stolz auf dich«, sagte Vater öfter, »du bist ein guter Sohn.«

Ich werfe Erde in die Versenkung. Mir gegenüber der Pfarrer in seiner Stola, verständig nickend. Ein dumpfes Geräusch, die Erde verteilt sich auf dem Holz, darunter, niedergestreckt, in seiner Sonntagskleidung, das vorbildliche Gemeindemitglied, wie man ja sagt.

Von der Seite drängen die Leute sich an mich, eine Hand an meinem Arm zieht mich von der Versenkung weg, ich verliere Sicht.

Es gibt nur einen Vater. Da kann es keinen anderen Vater neben diesem einen geben.

»Etzadla aber«, sagt Michel. »Ja«, meint Helene und Manuel nickt.

»Mechersd ned mid«, fragt mich Manuel, weil ich keine Anstalten mache, aufzustehen, sitzen bleibe, ich schüttle den Kopf. Ich sage, dass ich noch Bänke zusammenstelle. Michel soll mir den Torschlüssel dalassen, ich schließ dann ab.

»Sixdas, häd iech glad vergessn.« Und er greift in seine Hosentasche und legt mir den Torschlüssel auf den Tisch.

»Na dann, habe die Ehre«, sagt er und folgt den anderen, die bereits den Abgang gemacht haben.

Etzadla aber.

Ich habe unter Leute müssen, Michel, Helene, Manuel, Gemeinde, ja gerade jetzt, Beistand, so sagt man doch.

Und ja auch morgen wieder, dem Herrgott danken für seine unendliche Gnade, hineingewichst in eine hölzerne Bankreihe, das Gesangbuch in der Hand und unauffällig intonieren, Ehre sei Gott in der Höhe. Eine Stunde in der Woche kann man das doch machen. Die Gemeinde beobachtet. Und der Pfarrer steht vorne und hat eine ganze Stunde Zeit, zu schauen, wer anwesend ist und wer nicht. Die Namen schreibt er dann in ein kleines Notizbuch, aus dem er im Religionsunterricht vorliest. Und man muss sich dann rechtfertigen, man muss beichten, man setzt sich auf den harten Beichtstuhl und der Pfarrer, dessen Augen durch das Gitter, das Abschaum und Gott voneinander trennt, böse blicken, fragt: »Was, mein Sohn, führt dich zu mir?« Und man antwortet: »Vater, ich stelle die Existenz Ihres Gottes in Frage.« »Soso.«

Sonntag, Sonntag erscheint man, damit man nicht im kleinen Notizbuch aufgeführt wird. Kleine lüsterne Schläge auf den Po. Man kennt das schon, ja Gottchen.

»Gehet hin in Frieden.«
»Dank sei Gott dem Herrn.«

Alles ruhig jetzt. Das Rascheln der Blätter im Wind. Gabriel streicht mir um die Beine, sieht mich aus seinen funkelnden Augen neugierig an. Gottverfluchte Scheißkälte.

Ich knöpfe meine Jacke zu und erhebe mich. Das Licht am Gemeindehaus, das große Tor, der Schlüssel, ich lege ihn auf den Tisch und gehe. Ich diene nicht.

Lars-Arvid Brischke
epitaph
Gedichte

epitaph n.b.

endlager wendland. im elbholz
verletzt, aber schön
mit zigarillo im mundwinkel

ascht er dem brackwasser
letzte wortfetzen zu, den abgebrannten
brennstäben ausgeliefert, er

rauche zu viel, das sei keine frage
der besinnung, sondern des befindens
schwarz vor augen einen fauligen müllsack

im schlick begegnet ihm atemlos
seine lunge zum abschied
bleibt ihm erinnerungsschärfe

& kein anderer anfang als der
eines neuen gedichts
zeichnet sein ende genauer: *nichts*

kann ihn hindern
n*ach dem anzünden der* nächsten *zigarette*
alles prima zu finden.

epitaph r.w.f.

fronleichnamstag in münchen. ein ganzer wald von filmen
gefällt. wer setzt nun bäume in die welt, ins schaumige
milieu der *deutschen eiche*, wo die angestoßnen gläser läuten
geh –, mit allem bier gewaschen, die hosen prall möbliert
solang sie bockwürste gefangen halten. kopf- & magen-
inhalt: schlaftabletten müll & wüsten aller art durch die
polierte sportwagen getrieben werden schneller als
die kamera erlaubt. die brandblasen, die lederwesten
beulen sind gefühle, projeziert & abgedreht in fünfundvierzig ein-
stellungen pro tag. sogar auf unbrennbaren laken braucht es
eine zweite haut solang die erste noch zu dünn ist
flippert aus dem fernseher ein graupelschauer
deckt den aufgedunsnen leib, in dem
noch eine kalte kippe steckt
& der nur schläft
solang er tot ist.

epitaph k.c.

garage in seattle. der ruhm ist eine flinte
für einen der im schotter kniet zu lang
um ein refrain zu sein zu kurz
als song die überdosis love
diktiert sein testament er stutzt
die flinte wird zum mikrofon
an dem er zu ersticken droht *es stinkt
nach einer halbwüchsigen meute* fans
sind schrot der beute wird
kann seinen finger
am abzug nicht mehr hindern.

epitaph j.w.m.

landeplatz bei marl. sein flug-
blatt nahm sich seine freiheit
raus. partei für

ihn ergreifen lohnt sich
nicht mehr. vor dem sprung-
haft drohenden erfolg-

reich schirmt er sich jetzt
ab, zieht
bevor die stränge reißen

nicht mehr dran, sein plan
geht auf: vorm fallgesetz
sind alle gleich.

signer spielt

mit raketen. mir flackern die augen, die jalousien schließen sich,
                                                                                       himmel-
blaue fässer in den strudel gerissen stoßen aneinander im sog.
                                                                                             signer
verzurrt sie mit meinem gurt, schießt sie leck & es quillt rot

lackierte kajaks zersägt in segmente versinken als tyrannosaurus
skelette in der flut. in druckwellen zerlegte helikopter knallen
salut! signore signer zwinkert & setzt mir die schutzbrille auf. er
                                                                            bietet feuer-

festen, angriffslustigen libellen die stirn, näht sie in wasser-
dichte säcke mit zwirn, trinkt funken-
sprudel aus salatschüsseln & lässt mich mit

ventilatoren flirten. signer singt & bezwingt mit der zwille das
                                                                                  heu-
gebläse, das zeitungen bauscht. er baut mir einen tisch mit
                                                                                       umklapp-
baren beinen, lässt stühle über die klippe springen. er sprengt

mit dem koffer der kindheit einen teil der schweiz – von signer
                                                                                           signiert.

Roman Signer:
Schweizer Sprengmeister und Performancekünstler

augustenstraße, digital

atem. keine not   im zimmer keine pflanzen   keine toten. nur tanz
auf dem tisch   schwarzes brot. ganz frisch   aus dem ofen. verbrannt
auch spuren von mehl   oder motten.   karabinerhaken die einrasten
zu lasten des seils. ein kalter hund ohne schwanz rastet aus. im kasten
spielt ein einziger sound   im spiegel kein mensch   bloß ein paar
megapixel   an der leine   allein. stark sein   im yoga verharren &
starr die arme die beine   die scham enthaaren. zurecht   gestutzt
das bermudadreieck   zwischen mikrofon kopfhörer gegensprech-
anlage   abschalten. das haus   im nacken wieder kehrwochen-
lang jene treppen aushalten   & dabei allmählich   veralten

augustenstraße, analog

flach atmet die ballerina   floriert
in ihrem biotop aus teig
feuchter wäsche & aspirin: die wände
mit cds gefliest   die decke übersät
von klettergriffen. im mischpult gerinnt
ein konglomerat aus geschredderten grooves
& magengeschwüren   kontinuierlich fliegen ihr
die kleider weg, liegen dann bloß
auf klebrigem laminat   innere angelegenheiten
nomaden   sie lassen sich wegmassieren   aus dem kopf
buchstabiert sie eine therapie   mischt sich ein in medikamente
& vertraut einem brennnesselsirup
beim übersetzen von körpersprachen   nach dem ballett
bevor sie aufs bett fällt   holt sie
im spätkauf in letzter minute noch einmal
tief luft.

c/o dalton

sich in die nasszelle einschließen
wenn andere zigarren rauchen
wach bleiben
mit einem stück
krassbitter schokolade
99-prozentig
in zeitlupe abgebissen
geht es unter die zunge
& ich fühle mich staubig

auf dem schminktisch liegen
vier schwämme, in denen
revolver versteckt sind
bis der erste die nerven verliert
& ins badewasser kippt.
durch aufgeschäumte canyons
seh ich den schmalen cowboy reiten
& mein spiegelbild
ist besser rasiert als ich.

tagesablauf meines großvaters

morgens

unter der flackernden lampe im stall
schärft er sein sackmesser
an einer scherbe
& schneidet hartes brot in würfel.

er weicht sie auf
in bier, das abgestanden schmeckt
& wirft sie den hühnern nach.

aus den nestern
nimmt er die eier, legt sie
in seine fleckige mütze & trägt sie
mit dem klacken sacht
zusammenstoßender billardkugeln.

den fledermäusen
gibt er gift
damit sie kein unheil bringen.

mittags

einen bewegenden moment
verbringt er im schaukelstuhl

bevor er sich
in schweigen hüllt
fällt asche von seiner zigarre
& der rauch schlägt wellen.

aus tränensäcken sickert
bleiern sein blick
durch glas-
klares wasser
ohne zu sprudeln

& kaum dass die schwanzflossen sich bewegen
vergeuden die fische ihre vitalität
als könnten sie ihm entwischen.

nachmittags

vierundsechzig felder hat er bestellt
hat manchmal spott
& manchmal lob geerntet

als wäre es ein spiel
tastet er sich ans schachbrett heran
durchquert in zeitlupe
die schwarzweiß-konstellationen

hinter der schweren brille
die ihm die nase herunterrutscht
laufen die figuren weiter
wie ein uhrwerk
aus erinnerungen
stillt er seinen durst

nach langem zögern

ergreift er seinen könig
& legt ihn um.

abends

das verlorene hufeisen
hat er wiedergefunden
& an den nagel gehängt
hat den amboss eingeölt
& den hammer
ins staubige
feuer gelegt.

nun hört er das kamingras
darüberwachsen
wäscht sich die hände
in rostigem wasser
& schließt die drei spinnwebenfenster.

nachts

an die wand gemalt hat er das pferd
von dem er getreten wurde
beim beschlagen.

seitdem ist er ans dorf gefesselt
hält still
mit einer pinzette
sehenswürdigkeiten unters licht
gestempelt
mit einem geruch von ferne
abgeweicht
von briefumschlägen.

mit seinen alben
steckt er unter einer decke.

auf dem nachttisch
legt er sich die karten
für den kommenden tag
zurecht.

black jam white jam

die bemehlte haut quält den bohnenfrosch
bei hieronymus bosch
schwillt mir mein teergetränkter
gefiederter wanst

fat cat, bright cat
wet cat, light cat

verblasstes baguette, verhasstes kommissbrot
auf dem g7 gipfel
zünden sie sich sicherheitshalber
ein paar schachteln f6 an

sonnenblumenkerle schlucken reiskörner
reiskörper spucken sonnenblumenkerne

doch, ein tropfen milch tut wunder
& die gemaserten laute fremder leute
schälen sich
von der frisch gemalerten wand
diesseits

& jenseits der mauer
offene spraydosen-treffs
bis zum abblättern

ein unfall auf der a5 zwischen bad salzuflen &
die faltengebirge einer c4-professur

zuckerrüben schlecken rohrzucker
rübenzucker leckt zuckerrohr
earl grey oder kaffee au lait?

wet cat, light cat
sick cat, fight cat

3d-ansichten dieser mietskaserne
holzfrei, lesenswert & prickelnd

nichts als birken
nichts als linden
nichts als h_2o

& im hof singt ein graugrüner star
der hört auf
den namen
heinz

neubeginn e.v.

feuerwerkskörper schmuggeln sich
stangenweise & filterlos
ins unterbewusstsein der osterweiterung
zwischen geparkten autos
verschaffen sich blitzknaller gehör
& frisch gegründete existenzen
treten auf den businessplan
bevor sie zusammensacken packen sie mich
schieben mich ab in den hinterhof
zu den netzstrümpfen & high heels
& untern minirock kriecht musik
gegen einbrechende dunkelheit
hilft ein kleiner schritt & ein großer
schluck kristallklares russisch, quick-
lebendig von zigaretten umschwirrt:
ein klappriger suchscheinwerfer
richtet sich auf
unbeteiligte passanten, die
sektflaschen in stellung bringen
& auf dem bürgersteig läuft der countdown
kippen küssen lunten
übertragen ihre glimmende krankheit
live & werden ausgetreten
punkt mitternacht
gehen die lichterketten
die das firmament dekorieren
alle an.

Peter Clar
Wenn das erste Wort geschrieben …

1

Wenn das erste Wort geschrieben, der erste Satz vollendet ist, werden die weiteren folgen wie Lemminge einander folgen, sich einander folgend in den Tod stürzen, werden sich meine Worte auf das Papier stürzen, werden sich überschlagend, kreischend auf das Papier stürzen, strampelnd sich mit dem Weiß des Papiers vermischen, mit dem Weiß des Papiers verschmelzen.

Wenn das erste Wort geschrieben, der erste Satz vollendet ist, werden die weiteren folgen, wie von selbst werden die bereits hundertmal in meinem Kopf gedachten, die tausendmal in meinen Gedanken gewesenen Worte und Sätze aufs Papier kippen und sich selbst anordnen, einem Gesetz folgend, etwas Höherem gehorchend, werden die zehntausendmal in mir gewesenen Sätze und Bilder sich mir offenbaren, greifbar vor mir stehend mir ihren Sinn erläutern, mir mich erklärend durch ihr Sein.

Wenn das erste Wort geschrieben, der erste Satz vollendet ist, wird sich mein Ich vor mich stellen und sich mir erzählen und ich werde mich finden in dem was sich aus mir produziert und werde mich erkennen und endlich besitzen.

Fiebrig sitze ich vor meinem Block, fiebrig schreibe ich das erste Wort, den ersten Satz, den ersten Absatz, aber sie lassen mich alleine, meine Sprache lässt mich alleine, meine Worte lassen mich alleine, mein Ich lässt mich im Stich und alleine sitze ich vor den wenigen zerhackten Phrasen meines Seins, vor dem zerhackten Ich meines Selbst, vor den Trümmern meiner Person.

Fiebrig schreibe ich das erste Wort, den ersten Satz, den ersten Absatz, fiebrig erwarte ich das Hervorbrechen von mir, aber ich bleibe mir verborgen, bleibe mir unerkannt, bleibe mir fremd und alleine.

Sätze, die nicht wie Mühlsteine um meinen Hals hängen, muss ich nicht niederschreiben, schreibt Winkler, aber nicht nur einzelne Sätze hängen mir um den Hals, die ganze Sprache hängt mir als Mühlstein um meinen Hals, droht mich hinabzuziehen in die schwarze Leere, mich zu ersticken und lässt sich nicht abschütteln, nicht losschreiben. Ich habe die Wut in mir und die Leere und die Trauer und die Dunkelheit und habe die Wut, die Leere, die Trauer und die Dunkelheit um mich, aber ich kann meine Wut nicht schreien und meine Leere nicht singen und nicht meine Trauer und nicht meine Dunkelheit. Und wie ein Mühlstein hängt mir die Sprache um den Hals und hilft mir nicht meine Wut zu singen und hilft mir nicht meine Leere zu schreien und nicht meine Trauer und nicht meine Dunkelheit. Immer enger wird die Schlinge um meinen Hals, die Adern in meinen Augen schwellen an, das Herz schlägt müde, mit aller, mit letzter Kraft, die Schlinge an der der Mühlstein der Sprache, der Mühlstein der Wut, der Leere, der Trauer, der Dunkelheit hängt, schneidet sich in das Fleisch meines Halses, Blut bricht aus meinem Mund, Blut aus der Wunde am Hals, das Blut aus dem Mund tropft schäumend vermischt mit meinem Speichel mir aus den Mundwinkeln, das Blut am Hals sickert träge aus der Wunde, erreicht, aufgesogen vom Strick, nicht einmal den Kragen meines Hemdes.

Wie ein auf das Trockene geworfener Fisch zapple ich, versuche blind und panisch mich zu retten, wie ein Tintenfisch stoße ich die letzten Tintenspritzer meines Inneren aufs Papier, erwürgen wird mich der Mühlstein der Sprache, zu ersticken droht er mich, aber noch tut er es nicht, noch tötet mich die Schlinge nicht, aber genauso wenig bin ich in der Lage mich zu retten, bin weder in der Lage mich von der als Mühlstein um meinen Hals hängenden Sprache zu befreien noch mich nicht immer wieder von vorne ein wenig aus der Schlinge zu winden, ein bisschen den in mein Fleisch schneidenden Strick zu lockern, zappelnd vegetiere ich mehr als ich lebe, lebe ich nicht, ohne zu sterben.

Müde sitze ich vor dem weißen Blatt Papier und versuche ein um das andere mal die Worte meines Ichs aufs Papier zu kippen.

2

Wenn das erste Wort geschrieben, also schreibe ich das erste Wort, und der erste Satz vollendet, also vollende ich den ersten Satz, aber nach einem Absatz oder spätestens nach zweien bleibe ich stecken, bleibt die Sprache in mir stecken und ich zerre an ihr, reiße an ihr, prügle auf sie ein und indem ich an der Sprache zerre, ziehe ich die Schlinge um meinen Hals nur umso enger und indem ich auf sie einprügle, prügle ich auf mich ein bis nicht nur das in mir festsitzende Sprachgeschwür platzt und sich rotgelb in mir ergießt, nein, vorher schon platzen meine Eingeweide, zerbirst der Magen, dessen Säure sich durch meinen Körper zu fressen beginnt, zerplatzt mein Darm, meine Ausscheidungen vermischen sich mit dem Blut, rotbraungrün kreist in mir Darm- und Magen- und Lebenssaft und rotgelb mischt sich meine Sprache hinzu bis der Druck zu groß wird, bis es blutend und schäumend aus mir herausbricht, schmerzend mir aus den Poren dringt, aus dem After dringt, aus meinen Ohren und meiner Nase quillt, die Mischung aus meinem Inneren und meiner Sprache die mir mein Inneres zeigen soll, aber nicht so, denke ich mir, und werfe die klebrigen Klumpen aufs Papier.

Was bleibt ist das Halbe – wie so oft – ein Text entsteht, aber unfertig steht mein Ich vor mir, die Schmerzen umsonst, die Qual umsonst, Pathos und ich mit mir wieder alleine.

3

Tief greife ich in das Waffenarsenal der Sprache und schleudere die zu Leben erwachenden Phrasen gegen den grinsenden Schädel des mittelalterlichen Todes, gegen das zärtliche Antlitz des hofmannsthalschen Todes, zermahle den blond androgynen Tod des Gustav Aschenbachs, zertrete, zermalme, zerstöre die 100.000 Todesdarstellungen, kein Abbild Gottes aber 100.000 Abbilder des Todes sollt ihr anbeten, gießt den kälbernen Tod in Gold und tanzt zu seinen Ehren.

Die mit Leben aufgeladenen Worte schleudere ich gegen den kahlen Schädels der grinsend zerbricht, mit den blitzenden Worten des Seins köpfe ich das schöne Gesicht, das lächelnd mit dumpfem Knall in den Staub fällt, mit der gerinnenden Paste aus Staub und Blut male ich mir ein α auf die eine, ein Ω auf die andere Wange, überlege es mir anders, verwische das α und male ein zweites Ω.

Wühlend suche ich im Arsenal der Sprache Worte gegen den Tod, suche in den zornigen Selbstanklagen Bernhards gegen die Welt nach Worten gegen den Tod, suche in den Gedichten Valentes Worte gegen den Tod, aber nicht einmal einen Gedanken fähig gegen den Tod gibt es bei demselben, suche bei der Harmonie Rilkes und bei der zerstörerischen Gewalt Jelineks, suche in den Farborgien der Sonatas von Valle-Inclan und suche und finde nichts. Verzweifelt wühle ich im Dreck Winklerscher Friedhofserde, forme aus der nach Verwesung riechenden Erde einen Mann nach meinem Vorbild und reiße ihm das Geschlecht aus um eine Frau zu formen, nach der er sich verzehrt. Und seiner Gewalt beraubt ist er gezwungen sich friedlich mit seiner Gefährtin zu vereinen und er schlitzt sich auf und sie schlitzt sich auf und lachend schaufeln sie die Gedärme aus ihren Körpern in jenen ihres Partners, der Mann gibt der Frau seine Gedärme und sein Inneres, auch den Samenleiter gibt er ihr, in dem 100.000 Seelen schlummern und die Frau stopft ihm ihre Gedärme in den Leib und ihre Eileiter und ihre Eierstöcke, in denen 100.000 Seelen schlummern, ab und zu stoßen die beiden mit ihren Händen aneinander, fällt ihnen ein Stück Darm zu Boden oder die Leber, so bücken sich beide und ihre Köpfe stoßen aneinander und sie lächeln und küssen sich bevor sie sich weiter gegenseitig voll stopfen, zum Schluss noch das Herz und so vereinigt, geschlechtslos werden sie dem androgynen Tod gleich und dem geschlechtslosen Gott, der geschlechtslosen Göttin, Gott Vater, Gott Mutter, Gott Heiliger Geist und geschlechtslos werden sie als gleichwertig akzeptiert, werden sie unsterblich, werden sie meine persönliche Rache am Tod, mein Sieg über das Vergehen.

Doch die Sprache verweigert sich mir und schaffe ich es endlich einen Körper zu formen, so fehlt mir der Odem den ich ihm einhauchen kann und so zerstöre ich wütend das Leblose, und spüre ich den Odem in mir, will mir kein Körper gelingen, ist die Erde des Friedhofs zu trocken, ist die tränennasse Friedhofserde Vergangenheit und der Körper zerbröckelt unter meinen zittrigen Händen und kein Wort, das es regnen lassen würde, kein Satz, der die Frauen des Dorfes weinend zu Jakob und Roberts Grab schreiben würde.

4

Wer hilft mir auszubrechen aus der Verzweiflung meiner Nichtsprachlichkeit, wer hilft in meinem Inneren dies babylonische Gewirr zu entziffern, das rasend in meinem Kopf hin- und herschießt, tobend einen Ausgang sucht, wütend gegen die Knochen meines Schädels schlägt, das als Tumor in meinen Eingeweiden sitzt, nagend Metastasen wirft bis ich sie erbrechen möchte, die tausenden und abertausenden Verästelungen des Sprachgeschwürs, wer hilft mir den Druck in meiner Brust zu lindern den die aufgebaute, eingesperrte Sprache bildet, furios, virtuos möchte ich mir mit einer Stricknadel in den Brustkorb stoßen, zwischen die Rippen stoßen, bis ins Tiefste meines Inneren stoßen, sprudelnd rast das Rot meines Blutes aus dem Loch, wie Dampf zischt die Sprache mit und Wort für Wort fange ich sie ein, presse ich sie in das Gefängnis meiner Sätze und Phrasen und Absätze, wer hilft mir den Mühlstein der Sprache, der mich tiefer und tiefer in die Nichtexistenz führt, abzutrennen, wie Hans im Glück werfe ich ihn in den Brunnen, in dem ich gerade zuvor das aus dem Brustkorb sprudelnde Sprachblut aufgefangen hatte um die Worte daraus abzuschöpfen, Stück für Stück sie danach aufs Papier werfend, mit dem noch übrigen Blut vermischt schwimmen die erbrochenen Sprachmetastasen. Blut und Erbrochenes spritzt in mein Gesicht, als ich lachend dem Mühlstein hinterher sehe, lachend verwische ich das Gemisch mit meinen von der Schreibarbeit tintenbefleckten Händen, lachend schreibe ich ein α auf die eine Wange und ein weiteres auf die zweite, bekreuzige mich mit einem α auf der Stirn, einem α auf dem Kinn und einem auf der Brust, wer hilft mir und spaltet mit einer Axt meinen Schädel, so dass jubilierend die Gedanken meines Ichs sich in den Raum ergießen, wie Bienen aus einem Bienenstock stürzen sie sich in den Raum, sammeln sich wie Motten um das Licht an der Decke und verbrennen aufkreischend, die auf den Boden gefallenen Gedanken hebe ich mit einer Pinzette auf und spieße die Wörter, Sätze und Phrasen possierlich geordnet in das Schmetterlingsalbum meines Wesens.

5

Mit Worten male ich an die Wand den Teufel, der mich anspringt, der mich lehrt, dass ihn mit dem Belzebub zu vertreiben unmöglich ist. Wütend laufe ich gegen die Wand aus Sprache, reiße aus ihr Bruchstücke des Sinns, die sich zu nichts zusammenfügen, zum Nichts zusammenfügen.

Konzeptlos reiße ich Stücke aus der Wand, ohne Form oder Plan, Unlogik gegen Logik denke ich mir, Mensch gegen Computer, Kasparov gegen Deep-Blue, aber eiskalt logisch schlägt sie zurück, das totale Chaos ihrer Logik, die perfekte Logik ihres Chaos, ihr Sein, ihr Schein und ich, Windmühlenwand, Wahnsinn wälzt in mir, mich wälzt der Wahnsinn in sich, der Gottseibeiuns stürzt aus der Wand, tintentotrot löscht er das aus, was ich ohnehin nicht bin, also mich und wie im Wahn werfe ich mit Worten um mich, kreuzige ich Christus am Papier noch einmal, streue Salz in meine Wunden an den Handflächen, an den Füßen, an der Seite, nehme ich ihn an mein mütterliches Herz, dornenreich weine ich und salbe ihn mit den bescheidenen Sätzen meines Ichs, sprich nur ein Wort und ich werde auferstehen um Ich zu werden, lieber Herrgott lass mich sein in deinen Worten, Reime gibt es nicht mehr und keine Wunder.

Mit Worten des Wahns werfe ich den Teufel an die Wand und den Belzebub und nagle deren eingeborenen Sohn, mich, daneben und weine und erkenne und falle auf die Knie, die Nägel aus der Wand reißend, schlage mir die nägelbewehrten Hände vors Gesicht, sanft durchstoßen die Nägel die Hornhaut, durchdringen die vordere Augenkammer, durchstechen die Pupille, die Linse, die hintere Augenkammer, in der ewigen Dunkelheit das Licht der Erleuchtung zu finden hoffe ich, die Hoffnung bleibt, ich sterbe zuletzt.

6

Weiß starrt Papier bedeutungslos mich an, starrt es mich an ohne Sinn, schneidet es in das Zentrum meiner Sprache, zerschneidet die im Zentrum meiner Sprache zurechtgelegten Worte, zerschneidet die in mir schon so lange festgelegten Worte einmal, zweimal, hundertmal, zerhackt die Worte meines in mir seienden, festgelegten, meiner Sprache meines Ichs, zerhackt, zerhäckselt, zermalmt und Staub bleibt, aus Buchstaben seid ihr gemacht, zum Staub werdet ihr zurückkehren, Phonem zu Phonem, Morphem zu Morphem und ein gehe ich in die ewige Ruhe, geht mein Sprachzentrum ein in die unendliche Stille.

Voller Worte setze ich mich, bereit um zu erschaffen, denn am Anfang waren die Worte und ich habe die Worte und schreibe ich nur ein Wort, so wird meine Seele gesund, aber starrend liegt das Papier unantastbar vor mir und schneidend durchdringt es das Zentrum meiner Sprache, zerteilt es die Worte meines Ichs in hunderte, tausende Teile bis kein Ich mehr da ist.

Im Dunkeln zu schreiben um das Papier einfach nicht zu sehen, um die Worte zu schützen vor der Schärfe des Unglück bringenden, des Papiers, in der vollendeten Dunkelheit die vollendeten Sätze auf das harmlos in Bedeutungslosigkeit Erstarrte zu schreiben.

7

Umkreise mich und mein Sein, immer enger das Maschennetz meiner Sprache ziehend um mich und mein Sein, nur kein Fehler, kein Schlupfloch, langsam lieber als schnell und fehlerhaft, lieber langsam und sicher, rede mit den Steinen, mit den Pflanzen, den Insekten, dann erst den Kühen, der Mord existent am Beginn meines Ichs ist inexistent, ist Geburt, kein Gericht verurteile mich, denn das Opfer ist die Sprache, bin ich, ich bin der Mörder, bin ich nicht, langsam, der Mord existiert nicht, Geburt das Wort welches ich suche, aber nicht finde.

Nicht ich in die Welt geworfen, ich mache mir die Welt und sehe, dass es gut ist, nicht kleines Nichts im großen Alles, nein, kleines Alles im großen ohne-mich-Nichts.

Und am Anfang war das Wort und ich war das Wort weil ich es schuf, aus Lehm schuf ich das Wort und hauchte ihm den Sinn ein und teilte die Worte in welche die den Himmel und welche die die Erde beschrieben und die Worte benannten die Tiere, jedes nach seinem Sein.

Nicht ich in der Welt, die Welt um mich, abgeschafft der Mord, fehlerfrei gewebt das Netz von Beginn an ohne Unaufmerksamkeit gearbeitet.

8

Werfe ich einen blauen Tropfen meiner Sprache in die Meeresweite, wird er dann wüst gegen die Felsen schlagen sie zermalmend um endlich das Lied meines Ichs singen zu können? Ein weißer Delphin trägt auf der Spitze seiner Flosse das einzig perfekt gelungene Wort meines Selbsts und leuchtet in der Nacht bis zu den Grenzen des Himmels schwimmend als Sternbild meines Seins.

Oder sinkt es auf den Grund des Meeres metertausendabertausendweit zu seltenen Tieren, die noch unentdeckt einander erstaunt zeigen welch Wesen sich in dem Sprachtropfen versteckt, ein Oktopus gigantischen Ausmaßes nimmt ihn um ihn mit seinen unendlichen Armen allen zeigen zu können.

Springen die Meereswassertropfen glücklich um den schönsten aller Geschwister, ihn fröhlich Willkommen in der Ewigkeit heißend und sich spiegelnd in den hunderttausenden Ebenbildern seines Lebens, erkennt der Sprachtropfen sich, also mich, und in gewaltiger Flutwelle stürzen sie Gott zu, meinen Sprachtropfen als oberste Schönheit auf der Spitze tragend.

Und Gott sieht, dass es gut ist und erkennt der Schlange Reue und bricht den Apfel um mit mir in ewiger Brüderschaft die gemeinsame Angst zu besiegen.

9

Der Sprache Gott opfere ich auf dem Altar der Wörter meinen eingeborenen Sohn, den sich wehrenden Isaak, dessen Arme ich hinter seinem Rücken verbinde, dessen Beine ich zusammenschnüre um den laut Schreienden auf den mit Korallen und Muscheln geschmückten Altar am höchsten Berge der Umgebung zu legen.

Weinend blicke ich in die ängstlich aufgerissenen Augen meines eigenen Ichs, während ich den Dolch mit dem elfenbeinernen Griff erhebe und erkenne im Zucken des Gesichts während meine Rechte die Klinge nach unten schnellen lässt endgültig mein Ich, höhnisch die Sprache, mein Erkennen zu spät und mit glattem Stich durchstoße ich meinen Brustkorb und mein Herz, zuckend werfe ich mich nach oben ein paar Sekunden nur, spucke Blut, mein Blut, das verdampfend als leichter roter Rauch noch in der Luft steht, um später irgendwo in Ägypten als Wahrheit vom Himmel zu regnen.

An meinem Leichnam niederstürzend, sterbend, entzünde ich den Scheiterhaufen und verbrenne mit mir auf dem mit Muscheln und Korallen geschmückten Altar der Sprache.

10

Isaak! brülle ich mir vor dem Spiegel stehend zu, Isaak! und tauche meinen Zeigefinger in das Tintenfass der Sprache, noch immer brüllend schreibe ich ein I ein S ein A und so weiter, schreibe ich ISAAK über meine Spiegelgesicht, über das Gesicht meines Spiegelsohnes. Über meine Wangen rollende Tränen verwischen doch die Tinte nicht, in der der Name Isaak auf meinem Gesicht geschrieben steht und nur dunkel sehe ich dahinter in meinen Augen das Messer meiner Opferhand blitzen.

Abraham – Isaak und der Altar, Gott Vater – Gott Sohn und Gott Heiliger Geist, im Namen der Sprache kröne ich mich zu den heiligsten Dreifaltigkeiten werde mein Richter, mein Henker und mein Opfer, keine Angst vor Blasphemien, nur vor der vernichtenden Macht der Sprache, vor dem stigmatisierenden Ausgegrenzt-Sein aus der Sprache.

Barbara Davidson
Luftwurzeln

Juan Joaquin Aparicio liebte seinen Beruf. Er war sich seines Potenzials, oder vielmehr seines Mangels desselben, stets bewusst gewesen. Zum wahrhaften Künstler hatte es bei ihm eben nicht gereicht. Und so wollte er, wenn er selbst schon nichts Neues erschaffen konnte, doch wenigstens dazu beitragen, das Alte zu erhalten, sich der Vernichtung durch die Zeit entgegenzustemmen.

Manche sagten, er führe ein geliehenes Leben. Doch Juan Joaquin fühlte, dass diese Leihgaben zum Herrlichsten gehörten, was diese Welt zu bieten hatte, und so war er's zufrieden. Mehr als zufrieden. Er wähnte sich privilegiert.

Er war Restaurator.

Seit beinahe drei Jahren arbeitete er mit fünf Kollegen im und am Mausoleum des Osan Ibn Jussuf, des viel gerühmten arabischen Philosophen aus maurischer Zeit. Er wurde nach seinem Tod in seine Geburtsstadt Granada geholt und dort in eben jenem Mausoleum bestattet, das nun liebevoll wieder hergerichtet wurde.

Die Verschmutzungen der modernen Zeit mussten beseitigt, die Fassaden gereinigt werden. Auch im Innern des Denkmals waren die Farben der herrlichen Wandmalereien ziemlich verblasst. Manchmal schien es Juan Joaquin, als rühre das mähliche Ausbleichen der Fresken daher, dass jeder Besucher, der das Mausoleum betrat und sich in die Betrachtung der atemberaubenden Werke versenkte, ein wenig von dieser Pracht mit sich nahm. Sollten sie nur! Dafür waren Kunstwerke da, und für ihre Bewahrung gab es Leute wie ihn.

Es war eine stille, konzentrierte Arbeit. Jeder Restaurator war für einen bestimmten Bereich zuständig. Zwar wusste jeder stets um die Anwesenheit der Kollegen, doch überschnitten sich ihre Arbeitsfelder nie. Sie waren Profis, kompetent, gründlich und von besessener Akkuratesse.

Die Arbeiten an den Fassaden hatten sie vor einiger Zeit abgeschlossen. Die Restauration der Innenräume näherte sich ihrer

Vollendung. Nach beinahe drei Jahren, in denen dieser wunderschöne Bau für die Öffentlichkeit nicht zugänglich gewesen war, sollte nun in wenigen Tagen die Wiedereröffnung gefeiert werden. Das Grabmal des viel gerühmten Osan Ibn Jussuf würde in neuem Glanz erstrahlen, als wäre es eben erbaut worden.

Nichts und niemand hatte sie vorgewarnt. Im einen Moment pinselten sie still im spröden Mittagslicht vor sich hin, im nächsten ging die Welt unter. Juan Joaquin musste miterleben, wie zwei seiner Kollegen unter dem einstürzenden Mittelgewölbe begraben wurden. Zwar konnten sie später schwer verletzt geborgen werden, denn einzelne Verstrebungen hatten sich ineinander verkeilt und so einen halbwegs schützenden Hohlraum gebildet. Aber der Anblick sollte ihn ein Leben lang verfolgen: sein geliebtes, sein friedliches Grabmal von jetzt auf gleich eine tödliche Falle.

Vielleicht hat Patricia ja recht, überlegte Eugenie ein paar Tage, nachdem sie vom Mord an dem Engel erfahren hatte. Es gibt Kopien. Sie sind zwar nichts weiter als … nun, eben Kopien, aber wenigstens verschwindet der Engel nicht ganz aus dieser Welt.

Diese Gedanken munterten sie ein wenig auf. Sie summte sogar verhalten fröhlich vor sich hin, als sie die Treppe herabhopste, um, wie jeden Abend, mit Patricia die Acht-Uhr-Nachrichten zu sehen.

»Ehe ich's vergesse«, rief diese da aus dem Fernsehzimmer. »Tigger ist wieder in den Garten entwischt. Könntest du ihn bitte wieder einsammeln?«

»Muss das jetzt sein? Besonders weit ist er doch nie gekommen.«

»Bitte, Eugenie, ich fürchte, er könnte überfahren werden.«

»Auf unseren Straßen? Von welchen Autos denn, einem Trecker?«

»Was ist, wenn er nicht mehr zurückkehrt?«

»Das tut er spätestens, wenn er Hunger kriegt. Und bei seinen Jagdfähigkeiten dauert das nicht lange. Tigger kann nur komatöse Mäuse fangen.«

»Geh in die Küche und hol ein bisschen Fleisch, um ihn zurückzulocken. Ich habe sonst keine ruhige Minute mehr.«

Eugenie runzelte die Stirn. Irgendetwas kam ihr seltsam vor. Diese übertriebene Besorgnis sah der Hausherrin gar nicht ähnlich, vor allem nicht, wenn es um diese spezielle Katze ging. Tigger machte zwar gerne ab und zu einen Spaziergang, aber um wirklich etwas anzustellen, war er viel zu feige.

»Na gut, wenn du darauf bestehst«, seufzte sie schließlich und tat, worum sie gebeten wurde. In der Küche folgte sie einer plötzlichen Eingebung und schaltete das Radio an.

»In Granada ist heute um die Mittagszeit ein Wahrzeichen der Stadt dem Erdboden gleichgemacht worden. Unbekannte Täter ließen offenbar mit Sprengsätzen bestückte Modellflugzeuge in das Grabmal eines der großen Söhne der Stadt, Osan Ibn Jussuf, stürzen.

Der Philosoph steht symbolisch für das friedliche und kulturell fruchtbare Zusammenleben von Moslems, Juden und Christen unter maurischer Herrschaft im Süden Spaniens. Experten sind der Ansicht ...«

Aber Eugenie hörte nicht mehr. Sie ließ den Kühlschrank offen stehen, machte auf dem Absatz kehrt und stürmte in ihre Wohnung. Patricia hörte nur noch, wie die Tür ins Schloss krachte.

»Verdammter Mist!«, murmelte sie.

Das Telefon klingelte.

»Von Niebelsheim, Katastrophenmanagement«, meldete sie sich.

»Weiß sie es schon?«, fragte Christiane statt einer Begrüßung.

»Das mit dem Mausoleum? Ich fürchte, ja. Verdammt, verdammt! Den ganzen Tag lang ist es mir gelungen, sie von allem fernzuhalten, und jetzt hat sie es doch mitgekriegt!«

»Ich habe es selbst eben erst in den Nachrichten gehört. Was für eine Katastrophe!«

»Was soll ich denn jetzt machen?«

Christiane dachte einige Sekunden nach, bevor sie erwiderte: »Gar nichts. Wir können leider gar nichts tun. Sie teilt ihren Schmerz nicht gern.«

»Hm, ja. Ich hatte es schon so im Gefühl, dass es mit dem Mausoleum eine besondere Bewandtnis hat.«

Wieder wartete Eugenies Freundin ein wenig mit der Antwort. Schließlich sagte sie: »Eine besondere Bewandtnis, ja, ich denke, das kann man so ausdrücken.«

Es war ihr achter Geburtstag, und ihr Vater hatte ihr eine Reise geschenkt. Von Beruf war er Korrespondent bei einem Nachrichtensender; sein Schwerpunkt waren die islamischen Länder.

Mit leuchtenden Augen hörte seine kleine Tochter zu, als er ihr fließend die hundert Namen Gottes vorlas, mit denen das Mausoleum des Osan Ibn Jussuf ringsum geschmückt war. Die strahlenden Farben standen Eugenie heute noch vor Augen, wann immer sie den Namen Granada vernahm.

Ihre Mutter belächelte die Bemühungen ihres Mannes, seine kleine Tochter zu beeindrucken. Mit eben jener Begeisterung hatte er seinerzeit ihr Herz erobert, und an ihrem Kinde konnte sie sehen, wie unverbraucht und immer noch ansteckend sein Enthusiasmus war.

Eugenie liebte Granada, sie liebte ihren Vater und genoss seine Aufmerksamkeit, und sie war glücklich darüber, dass ihre Eltern glücklich zu sein schienen.

»Papa, warum baut man Häuser für Tote?«

»Ich weiß nicht, vielleicht damit sie besser schlafen.«

»Ich glaube«, meinte die kleine Eugenie. »Ich glaube, wenn man mir ein solches Haus bauen würde nach meinem Tod, würde es mir kaum etwas ausmachen, tot zu sein. Hättest du auch gerne ein solches Haus, wenn du tot bist, Mama?«

»Nein«, erwiderte Angélique Beaufort ein wenig zu heftig. »Man ist schon fast sein ganzes Leben lang eingesperrt. Wenn ich tot bin, will ich nichts als den freien Himmel über mir!«

Es war Oktober, Andalusien entfaltete all seine Pracht, und Eugenie war acht Jahre alt.

Ihr Vater erzählte ihr, dass die Acht das mathematische Symbol für die Unendlichkeit ist.

Eugenie lebte dieses Lebensjahr in der festen Überzeugung, dass es niemals enden würde. Ihre Ewigkeit dauerte 366 Tage.

Die erleuchtete Ruine des Drachenfels verschwamm von ihren Augen. Die erwachsene Eugenie saß allein in ihrem dunklen Wohnzimmer und wischte sich die nassen Wangen.

»Frau Adams? Eugenie Adams?«

Christiane warf einen kritischen Blick auf die zwei Herren, denen sie die Tür geöffnet hatte. Sie standen in ihren schwarzen Anzügen vor der Villa und verströmten Seriosität.

»Na, wenn jemals zwei Männer nach Bulle aussahen, dann die!«, dachte sie.

»Mit wem habe ich die Ehre?«, fragte sie kühl.

Beide zogen mit flüssigem Griff ihre Ausweise hervor und hielten sie ihr vor die Nase.

»Oho, Interpol«, entfuhr es ihr.

Der Ältere der beiden wölbte pikiert die Augenbrauen.

»Sie sagen es, Madame. Hätten Sie eventuell einen Moment Zeit für uns? Die Angelegenheit ist von großer Wichtigkeit.«

Sie zögerte noch einen Moment, dann seufzte sie ergeben.

»Ich bin nicht Frau Adams. Kommen Sie rein, sie ist mit Frau von Niebelsheim im Salon.«

Die Herren, die sich mit Leonard LeGall und Samuel Renard vorstellten, lehnten es ab, Platz zu nehmen. Sie standen wie zu groß geratene Raben in Patricias Salon und verursachten bei den drei Frauen ein unbestimmtes Gefühl von schlechtem Gewissen.

»Frau Adams, es tut uns Leid Sie behelligen zu müssen, aber die Umstände zwingen uns dazu. Haben Sie schon Ihre Post durchgesehen?«

»Meine …?« Eugenie war sichtlich verwirrt. »Ja natürlich, aber ich verstehe nicht, was …«

»Befanden sich Ansichtskarten unter den Sendungen?«

Eugenies Augen blitzten auf, nur ganz kurz. Christiane war sich sicher, dass die Polizisten es nicht bemerkt hatten.

»Nein, wieso?«

»Frau Adams, was können Sie uns zu der Zerstörung des Mausoleums in Granada sagen?«

»Dass ich grauenhaft finde, was geschehen ist, und ich hoffe, dass Sie den oder die Täter fassen werden. Aber ich denke kaum, dass Sie gekommen sind, um das zu hören.«

»Sehr richtig«, stellte Herr LeGall fest.

»Bitte, Madame, wie stehen Sie zu dem Maler Spitzweg?«

»Was ist denn das für eine Frage und was hat Spitzweg mit dem Mausoleum zu tun?«

»Beantworten Sie bitte meine Frage.«

»Ich verabscheue ihn.«

»Wer weiß um Ihre Abneigung?«

»Wer ...? Ja, Himmel, jeder, der mich danach fragt. Warum sollte ich es denn verbergen? Und außerdem verstehe ich immer noch nicht ...«

»Haben Sie kürzlich eine Ansichtskarte mit einem Motiv dieses Malers erhalten?«

Die Verblüffung der Frauen war förmlich greifbar und konnte auch den Polizisten nicht entgehen.

»Bitte zeigen Sie uns diese Karte, Madame.«

»Ich weiß gar nicht, ob ich sie noch habe«, maulte Eugenie, ging aber dennoch die Postkarte holen.

Die beiden Herren zogen sich erst dünne Handschuhe über, bevor sie sie eingehend und mit ernster Miene begutachteten.

»Poststempel aus Karlsruhe«, murmelte Herr Renard, holte einen Plastikbeutel hervor und ließ den Pappschnipsel hineingleiten.

Sein Kollege fuhr mit seinen Fragen fort: »Was könnte Ihrer Meinung nach mit dieser Ansichtskarte bezweckt werden?«

Eugenie zögerte lange mit der Antwort. Patricia ertappte sich dabei, dass sie kaum den Blick von ihr wenden konnte, so gespannt war sie auf ihre Reaktion. Sie konnte sehen, wie sie die Hände um die Lehnen des Sessels krallte. Schließlich sagte sie sachlich: »Ich habe bislang keinen Zusammenhang zwischen Karte und Mausoleum gesehen und sehe ihn auch jetzt noch nicht.«

Die Art, wie sie es sagte, wie sie sich in ihrem Sessel aufsetzte, hatte etwas von dem Schlussgong einer Schulstunde. Der schweigsame der beiden Polizisten war immerhin sensibel genug, darauf zu reagieren. Er ergriff das Wort: »Vor genau acht Tagen um die Mittagszeit wurde ein Wahrzeichen Granadas dem Erdboden gleichgemacht. Es ist uns leider nicht gelungen, die Vorgehensweise der Täter aus den Medien herauszuhalten. Dazu gab es zu viele Zeugen. Vielleicht haben Sie die Ereignisse ja ein wenig mitverfolgt?«

»Nein; die technische Seite der Angelegenheit hat mich nicht so sehr beschäftigt«, log Eugenie.

»Passanten beobachteten einen Modellhubschrauber, der einige Minuten über dem Bauwerk kreiste, bevor er mitten im Flug abgeschaltet wurde und gezielt auf das Gebäude stürzte. Wir haben den Sprengsatz untersucht, mit dem er bestückt war. An Bord müssen sich demnach fünfzig Gramm Plastiksprengstoff befunden haben. Die Zerstörungen dieses Anschlags waren die weitestreichenden. Dennoch bedurfte es eines zweiten, um das

Denkmal vollends zu vernichten. Wir fanden die Trümmer eines Modellflugzeuges, das ebenfalls voller Sprengstoff war, der im Moment nach dem Absturz gezündet worden sein musste.

Leider kann uns niemand sagen, von wo aus die Modellflugzeuge gestartet sind. Der Start des Hubschraubers wurde übersehen, und danach war der Aufruhr zu groß, als dass noch jemand Augen für die kleine Cessna gehabt hätte.«

Eugenie starrte die Wand an, als würde die mit ihr sprechen.

»Was ist mit Spitzweg?«

Renard ging nicht darauf ein.

»Wir glauben, dass der Täter an dieser Stelle einen Fehler gemacht hat. In einem Hotelzimmer mit Blick aufs Mausoleum fanden wir ein drittes Modellflugzeug, ebenfalls komplett mit dem gleichen Sprengsatz ausgerüstet. Wir nehmen an, dass er es als letztes gegen das Bauwerk einsetzen wollte, aber nicht mehr dazu kam. Vielleicht glaubte er, gesehen worden zu sein.«

»Sagten Sie nicht, der zweite Angriff hätte ausgereicht, alles zu zerstören?«, warf Patricia ein.

»Sie sagen es, Madame.«

Christiane pfiff leise durch die Zähne.

»Da wollte jemand aber auf Nummer sicher gehen!«

»Was ist mit Spitzweg?«, wiederholte Eugenie.

»Sehen Sie«, fuhr Renard fort. »Das war der Fehler! Wir gehen davon aus, dass der Täter in diesem Zimmer logierte. Es war nicht sehr clever, sich das letzte Flugzeug aufzusparen in dem Hotel, in dem man auch wirklich wohnt.«

Christiane beugte sich in ihrem Sessel aufmerksam nach vorne.

»Haben Sie noch weitere Hinweise gefunden? Irgendwelche persönlichen Gegenstände?«

Renard war ein wenig überrumpelt von der Frage und der Art, wie sie gestellt wurde.

LeGall sprang ihm bei.

»Wir fanden nur die Fernsteuerung für das Modellflugzeug, einiges an technischem Equipment und dies hier«, sagte er und warf ein Stück bunte Pappe zwischen die Teetassen. Auffordernd und mit einem Hauch von Triumph sah er Eugenie in die Augen, doch sie rührte keinen Finger. LeGall lächelte schief.

»Sie sind nicht eben leicht aufzutreiben, Madame Adams. Wir mussten lange suchen, bis wir die Autorin der Gedichtzeile auf der Karte herausfanden.«

Er schien auf etwas zu warten, aber als Eugenie noch immer keine Anstalten machte, die Karte aufzunehmen und zu lesen, fuhr er fort: »Betrachtungen, Bonn 2002, Gedichte von Eugenie Adams. Ist in nicht eben hoher Auflage erschienen.«

Eugenie spürte, wie der Hieb traf.

»Der Täter hat etwas von mir geschrieben?«, fragte sie scheinbar gelassen.

»Nun, eher geklebt. Sehen Sie, eine Zeile ist aus einem Buch ausgeschnitten und aufgeklebt worden. Uns wäre die Arbeit erheblich erleichtert worden, wenn er noch ihre Adresse hinzugefügt hätte.«

»Außerdem fehlt wohl noch eine weitere Zeile, wenn er so vorgehen wollte wie bei der ersten Postkarte«, fügte Renard hinzu. »Ist Ihnen denn nicht aufgefallen, dass eine Zeile auf der ersten Postkarte von Ihnen stammt?«

»Nein.«

»Sie kennen Ihre eigenen Gedichte nicht?«

»Nein. Auch wenn vielleicht nicht viele meiner Werke veröffentlicht worden sind«, sagte Eugenie spitz, »so habe ich doch eine ganze Menge geschrieben. Einzelne Zeilen erkenne ich nicht wieder. Und selbst wenn ich sie wiedererkannt hätte, woher hätte ich denn wissen sollen, dass das irgendetwas mit dem Mausoleum zu tun hat?«, schloss sie hitzig.

Christiane runzelte die Brauen.

»Entschuldigung, aber ich verstehe da etwas nicht.« Eugenie hielt den Atem an. Diese Einleitung kannte sie.

»Das Mausoleum stand doch in Spanien. Warum ist Frankreich dafür zuständig? Oder hat Interpol keine spanischen Mitarbeiter?«

Die Polizisten wechselten einen raschen Blick.

»Madame, wir haben Grund zu der Annahme, dass die Zerstörung des Mausoleums mit der Sprengung des Raffael von Michelangelo zu tun hat.«

Eugenie blieb die Luft weg.

»Warum denken Sie das?«, fragte ihre Freundin weiter.

»Derselbe Sprengstoff. Und dann noch die Postkarte …«

»Sie glauben im Ernst, dass die Zerstörung der Kunstwerke etwas mit Eugenie zu tun hat?«

»Je länger, desto mehr.«

»Aber Sie denken doch wohl nicht …«

LeGall wehrte hastig ab.

»Selbstverständlich sind wir nicht der Ansicht, dass Frau Adams an diesem Vandalismus beteiligt ist. Zudem halten wir den Täter für einen Mann.« Sein Ton wurde wieder, nun, verhörartiger. »Frau Adams, welcher Natur ist Ihre Verbindung zu diesen Kunstwerken?«

Eugenie zog eine Augenbraue in die Höhe.

»Ich habe kein Verhältnis mit ihnen, wenn Sie das meinen.«

»Sind die Werke für Sie von besonderer Bedeutung?«

Sie spürte, wie ihr die Tränen wieder hochstiegen. Sie nickte nur.

»Können Sie sich vorstellen, dass irgendjemand ein Interesse daran hat, die Dinge zu vernichten, die Ihnen besonders am Herzen liegen?«

Als hätte sie nur auf ihr Stichwort gewartet, spulte sich vor ihrem inneren Auge die alte Filmrolle ab, eine Aufreihung all der Gesichter, die sie so gerne vergessen wollte. War einer von denen verrückt genug für so etwas?

Rabea Edel
Das Wasser in dem wir schlafen
(Textauszug)

Prolog

Gregor hat mir später erzählt – doch von den Vögeln sagte er nichts –, dass es ein warmer Morgen war, eine unbestimmte Wetterlage, Kubuswolken mit gelben Bäuchen über dem Wald, vielleicht zog Regen auf, vielleicht entlud sich das Gewitter auch nur über dem See und dunkelte seine bleierne Farbe nach, grau und dickflüssig seit Tagen, ein Schleier hing bereits im Nordwesten über dem Wasser, ablandiger Wind.

Es war ein warmer Morgen, meinte Gregor, ungewöhnlich warm für diese Jahreszeit, Mitte Januar, und die Luft am Hang so dicht, als liefe man durch etwas Stoffliches. Das Eis auf dem See war bereits zu dünnen Schollen geschmolzen, manche hingen im Schilf und wurden von den Wellen an die Halme getrieben.

Über dem See, zum Waldrand hin, dort wo die Baumwurzeln am Hang über der Erde lagen und das Wasser an der Rinde leckte – die wir als Kinder leicht mit den Fingern vom Holz lösten und in den Handflächen zerrieben –, hing noch im anbrechenden Morgenlicht über einem blassgelben Streifen Sonne der Mond, der Gregor die Nacht über wach gehalten hatte, bis in die ersten Morgenstunden, in denen die Pendler auf dem Kiesweg am Haus vorbei Richtung Stadt fuhren.

Gregor schlug an diesem Morgen denselben Weg wie immer entlang der Schnellstraße ein, lief schließlich, weil ein dünner Schlaf noch an den Gliedern zog, zum See hinunter, vielleicht um nach dem Eis zu sehen, vielleicht um die Reusen zu kontrollieren. Löste das Boot vom Ufer, aber zu viel Wasser stand am Boden, watete also in Gummistiefeln, die ihm bis über die Knie reichten, in den See, zog zwei Stangen aus dem Wasser und verankerte sie neu im schlammigen Grund, blieb eine Weile im Wasser stehen. Der Geruch der Baumrinden legte sich auf seine Zunge als pelziger Geschmack, so dass er würgte.

Beim Weg ans Ufer streifte etwas Weiches, Großes seine Knie, kurz nur, das wegwaberte, als er danach trat. Das Schilf splitterte und brach, als er es zur Seite bog.

In meiner Vorstellung steigt Gregor aus dem Wasser, zündet sich eine Zigarette an, dreht sich um und wirft einen kurzen scharfen Blick auf die Wasseroberfläche, wartet Luftblasen ab. Oder er watet zurück, bis an die Stelle, wo er die Luftblasen gesehen hat, Gärungsblasen, bückt sich, fährt mit den Armen durchs Wasser. Sein starrer, auf die Wasseroberfläche gerichteter Blick. Wie ein sehr grades Stück Holz, mit dem der Bademeister uns als Kinder im Schwimmbad zum Beckenrand zog, wenn wir keine Luft mehr bekamen, weil wir falsch atmeten beim Schwimmen.
Gregor biegt das Schilf auseinander, stößt mit den Knien gegen etwas Weiches, das wegwabert, emportreibt, schließlich die Oberfläche des Wassers durchstößt, zuerst die Brust, der Kopf, dann Füße, Knie, Bauch. Lina.

(...)

»Was uns geschieht, geschieht allen«, sagte Lina.
In den letzten Tagen des Sommers begann Lina solche Dinge zu sagen. Wir saßen hinter dem Haus unter dem Dach der Terrasse, in Korbstühlen, die bei jeder Bewegung quietschten und aßen Kirschen, die der Nachbar uns in großen Eimern vor die Tür stellte. Es nieselte und der Garten, das Fell der Katzen, die den Kiesweg kreuzten, das Dreieck des Sees, das in der Senke zwischen den Bäumen und den Schrebergärten zu sehen war, alles war überzogen mit einem grauen Schleier.
»Hände vergessen nicht, sie wird noch wissen, wie sich unser Haar anfühlt«, sagte Lina, »aber alle Orte, an die unsere Mutter kommen wird, werden sie vergessen.«
Das waren die einzigen Sätze, die Lina an einem Tag, in einer Woche sprach.
Dabei hielt sie die Augen starr auf einen Punkt in der Ferne über dem See gerichtet, auf dem morgens der Nebel hing, oder kaute auf einer Haarsträhne herum und beobachtete die Vögel, die sich zwischen den Wolkenbrüchen in die Luft warfen.
Unsere Mutter hinterließ keine Spuren. Sie ging und die Zeit

lief einfach weiter. Wir waren das einzige Fassbare, das sie an einem Ort hinterlassen hatte.

(...)

Lina sah schon immer so aus, dass die Leute fragten, wie krank sie sei, aber nachdem unsere Mutter gegangen war, verlor Lina ihre Konturen. Und wenn sie frühmorgens oder abends den Feldweg an unserem Haus vorbei, neben den Schrebergärten hinunterlief zum See, um zehn Runden zu schwimmen, ruhig und präzise, sogar noch als der Winter kam und das Wasser am Morgen eine Eishaut trug und Lina Baden ging, kurz nur noch und mit klappernden Zähnen, konnte ich sie nicht ausmachen zwischen den Bäumen und der Oberfläche des Sees.

Mutter ging, als der Winter kam. Sie hatte lange gewartet. Lina und ich nannten es schlafen. Aber ich wusste, dass sie nicht träumte, wenn sie am Fenster stand, die Stirn gegen die Scheibe. Die Fettabdrücke, die sie am Glas hinterließ, verwischte ich mit den Händen.

Manchmal zeichnete ich auch die Abdrücke ihres Gesichtes. Dann legte ich Butterbrotpapier auf das Glas und fuhr mit einem Bleistift die Umrisse nach. In der Kommode am Fußende meines Bettes sammelte ich die aufgeschnittenen Tüten. Eine Schublade voll.

Zu meiner Einschulung nähte sie mir ein Kleid mit Blütenmuster. Den Stoff hatten wir zusammen in der Stadt gekauft. Zwei Tage lang war unser Haus voller Geräusche: das Klacken der Schreibmaschine aus Vaters Arbeitszimmer, das Rattern der Nähmaschine. Mutter hielt die Stecknadeln zwischen den Lippen, während sie den Papierschnitt auf den Stoff übertrug. Als ich das Kleid anprobierte, hingen die Köpfe der Blumen falsch herum, nach unten.

Es gab Zeiten, in denen ich wenig anderes tat, als Mutter zu beobachten.

Kam ich mittags aus der Schule, stand sie am Fenster. Sie aß nach uns, einen Teller. Die ersten Male hatte Vater sie noch aufgefordert, sich zu uns zu setzen, er stellte ihr Blumen auf den Sitzplatz, Rosen mit weißen Blütenrändern, im Winter Mistelzweige und getrocknete Wacholderbeeren. Unsere Mutter schob sie lächelnd in die Tischmitte und sah uns beim Essen zu.

Ich wartete darauf, dass sie ihr Gesicht von der Scheibe nehmen und mich erkennen würde, dass sie reden würde im Schlaf. Ich wartete auf das Einsetzen des Regens, auf die großen Ferien, auf Lina im See, wenn sie tauchte und das Wasser immer schwächere Kreise beschrieb, dort, wo sie kopfüber verschwunden war. Oft hatte ich Angst, sie würde irgendwann einmal auf dem Grund des Sees bleiben, einfach vergessen aufzutauchen, um Luft zu holen.

Später warteten wir gemeinsam. Lina schwieg. Ich summte und drehte mein Haar zwischen den Fingern zu dünnen Zöpfen, die sich in einander zwirbelten. Mariechen saß weinend im Garten …/ in den Armen ihr totes Kind./ Der Matrose, der hat sie verraten …/ mhmh… mhmh… mmh… mhmh. Immer nur die ersten drei Zeilen.

(…)

Ich sah es zum ersten Mal an einem Tag im Januar. Es hatte gefroren. Ich war hinunter aufs Eis gegangen, die Schienen der Schlittschuhe waren rostig und machten braune Flecke auf meine Hosenbeine. Lina kam mir nach, oben auf dem Weg.

»Das Eis knirscht unter den Füßen wie Schneckenhäuser«, sagte Lina als sie mich eingeholt hatte und lächelte schief. Ich wartete, bohrte meine Hacken ins Eis, ich drehte mich auf der Stelle.

»Hör auf«, sagte Lina, »das Eis bricht.« Sie lachte, aber ihre Augen waren ganz klein und grau dabei.

Dann fuhren wir los. Über den Rand, in den Steine und Äste eingefroren waren, bis zur Mitte des Sees, wo das Eis dunkelgrün war voller heller Luftblasen. Unter dem Eis schwappte das Wasser. Es klopfte und knirschte. Wir standen still und lauschten.

Lina legte sich flach auf das Eis und drückte ein Ohr auf den gefrorenen See.

»Hörst du das«, sagte sie, »er ruft mich.«

»Wer«, fragte ich.

»Der Klabautermann«, sagte sie.

Da lag sie, mit dem Ohr auf dem Eis, ihr Haar fiel in Strähnen über ihren Rücken und über die Wangen und legte sich rot auf den grünen See.

»Hast du schon mal«, fragte sie und brach ab.

»Was«, fragte ich, aber sie schüttelte den Kopf und antwortete nicht mehr.

(…)

Ich beobachtete Lina. Den ganzen Winter lang. Ich sah sie, aber ich verstand sie nicht. Lina sammelte Steine, legte sie um ihr Bett und sagte: »Jetzt schlaf ich im See.« Lina blätterte im Biologiebuch und lernte die Namen sämtlicher Fische. Lina ging aufs Eis und ich folgte ihr. War Neuschnee gefallen, trat ich in ihre Fußspuren und blieb am Rand stehen, um mit einer Decke auf sie zu warten. Immer legte sie sich in die Mitte, auf die eisgrüne Fläche. Man hätte sie mit einem großen Ast verwechseln können, mit einem Tier, das ausruht oder stirbt. Das Glucksen und Ächzen des eingeschlossenen Wassers war bis ans Ufer zu hören. Ein paar Mal wagte ich mich hinaus, bis ich erkannte, es war egal, ich hätte mich neben sie stellen können, sie hätte mich nicht bemerkt.

(…)

Vater begann, uns von der Schule abzuholen. So wie es sonst unsere Mutter getan hatte, bevor sie das dritte oder vierte Mal alleine verreist war, zuvor ganze Kleiderberge aus dem Schrank gehoben hatte, in Taschen stopfte, was nicht mehr hinein passte bündelte, in den Container der Altkleidersammlung warf, aus dem ich mir heimlich, wenn ich Flaschen und Zeitungen wegbrachte, einige ihrer Röcke angelte und sie im hintersten Winkel meines Schrankes versteckte, bis alle Wäsche modrig roch, nach nassen Handtüchern.
Er streckte mir ein Eishörnchen entgegen, die Sahne tropfte auf seine Schuhe, ich fragte nicht, wie lange er schon dort stand und warum er seinen besten Anzug trug und wir zum Bahnhof liefen, obwohl wir niemanden dort erwarteten.
An diesem Tag zog Evà zu uns.

(…)

Fortan gab es in unserem Haus geputzte Fenster und nassglänzende Dielen, in deren Ritze sich die Seifenlauge sammelte. Wenn

Evà ihr kurzes Haar aus der Stirn steckte und sich immer wieder über die Schürze strich, sagte Lina, sie sähe aus wie ein Tier, das seinen Bau herrichtet für die Balz, wie eines der Hühner, die im Nachbargarten im Kreis liefen und mit den zu kurzen Flügeln schlugen.

Evà schlief mit unserem Vater, so dass er arbeiten konnte, wusch unsere Wäsche, unsere Haare, wenn Shampoo in die Augen tropfte, gab sie uns einen nassen Waschlappen, den wir über die Augen legten.

»Du bist sechszehn und hast keinen BH«, stellte sie fest, nachdem sie oft genug unsere Schränke sortiert hatte, Lavendelpapier zwischen die Wollpullover schob, das Lina mit angeekeltem Gesicht in den Müll warf, wenn sie es fand.

Im Wäscheladen schämte ich mich die roten BHs anzuprobieren, die Evà zielstrebig zwischen den hautfarbenen hervorzog, bis sie mir selbst in der Kabine ihre weißen Brüste zeigte.

»Magst du es, dass sie hier ist«, fragte Lina.

Fortan nahm Evà mich auch an den Abenden mit. Wir fuhren in die Stadt, tranken Wein, der meine Lippen und Schneidezähne färbte. Manche ihrer Freunde hielten uns für Schwestern, ich gefiel mir neben ihr. Evà stellte mir eine Unmenge von Menschen vor, deren Gesichter und Namen ich sofort zu vertauschen begann. Nur einen merkte ich mir, weil er nie von Evàs Seite wich.

Gregor war klein, mit kräftigen Schultern, kinnlanges Haar, das keine Farbe hatte, er war nicht schön, er war alles andere als das.

»Er ist gleichgültig und zielgerichtet«, sagte Evà.

Zum Abschied küsste Gregor mich jeden Abend auf die Stirn. Nach der Schule fuhr ich zu ihm.

(...)

Gregor hatte mich im mittleren Zimmer zu sich herunter auf den Fußboden gezogen, wir lagen eine Weile so da und ich versuchte meinen Atem seinem Rhythmus anzupassen. Es war stickig, die Fenster geschlossen, das Licht der Nachmittagssonne gelb, wie in einem Kokon. Ich presste die Handballen in die Ritzen zwischen den Dielen und stellte mir vor, alles was ich sah mit Lina zu teilen, das hatten wir uns als Kinder versprochen, Lina glaubte noch immer daran, ich manchmal auch. Ich gab mir Mühe.

Gregor zog im Liegen seine Jeans aus, die Gürtelschnalle schabten über das Holz. Er schob mein Kleid hoch und legte sich auf mich. Ich unterdrückte ein Husten. Durch einen Spalt zwischen meiner Brust und seinem Bauch sah ich seinen Schwanz. Er atmete langsam, ich wartete, ich wollte mich nicht bewegen.

Lina fragte später einmal, was es ist. Das mit Gregor. Ich konnte es ihr nicht erklären. Wir saßen in seiner Wohnung, in genau diesem mittleren Zimmer, in dem Gregor versucht hatte, mit mir zu schlafen. Ich war angespannt, verwundert über Linas Haar, in dem sich das Licht fing, über die Selbstverständlichkeit mit der meine kleine Schwester in die Stadt gefahren war, geklingelt hatte, gesagt hatte: »Da bin ich, ich bin nicht wegen dir hergekommen, keine Angst, aber ich freu mich dich zu sehen, du siehst gut aus.« Was nicht stimmte. Ich konnte es ihr nicht erklären. Ich konnte nicht sagen: »Lina, ich hätte mich gerne in Gregor verliebt, aber ich kann es nicht so, wie er es erwartet hätte.«

Ich hatte ihr nie zuvor etwas erklären müssen, sie verlangte es nicht, und ich hatte es nie von ihr verlangt.

»Und was machst du sonst?«, fragte sie.

Ich konnte ihr nicht sagen, wie es gewesen war am Anfang, dass es nur einen Moment gab, in dem ich mich und Gregor gefühlt hatte, bevor er anfing mit Lina zu schlafen.

Gregor lag auf mir, das Nachmittagslicht war gelb und an den Rändern ausgeblichen, bis ich ihn nicht mehr spürte. Dann rollte er von mir runter, schloss die Augen, sagte etwas, fragte etwas, ich lächelte. Legte den Arm über mein Gesicht, ließ nur den Mund frei. Ich zeigte ihm dieses Lächeln. Dann stand ich auf, ging ins Bett und schlief.

(…)

Epilog

Lina schwamm auf dem Rücken, die Beine leicht gespreizt, die Hände hingen unterhalb der Hüfte, sagte Gregor. Auch die Flecken am Hals seien ihm nicht aufgefallen, zu blass, zu violett. In diesem Tümpel erkenne man nichts. Ein Flusskrebs hatte sich in ihren Fuß verbissen.

Vielleicht ist sie auch auf einer Eisscholle durch den Wald getrieben, vorbei an den Hütten der Schrebergärten, die um diese Jahreszeit leer stehen, unter der Brücke hindurch, bis ins tiefere Wasser des Sees. Hat sich dann im Schilf der Flussmündung verfangen, bis die Scholle unter ihr geschmolzen und der Körper ins Wasser geglitten ist.

Die Haare hatte sie sich abgeschnitten zuvor. Sie sah aus wie ein Junge. Ein Knabe von vielleicht zwölf Jahren. Wären da nicht die Brüste mit der blassen Haut durch die die Adern scheinen, das rote Schamhaar.

Gregor schüttelt den Kopf, steht auf, läuft auf der Veranda im Kreis um meinen Stuhl herum, bleibt stehen und blickt in die Leere, die hinter dem Garten über dem Wald beginnt.

Wie oft habe ich ihm gewünscht auf einer Straße zu liegen, ein Faden Blut aus dem Mundwinkel, Blaulicht. Das ist jetzt alles egal. Gregor beugt den Rücken, legt die Arme auf die Holzumrandung der Überdachung. Unter seinen Armen sind dunkle Flecken. Nichts an ihm erinnert an meine Schwester.

Wir könnten hinein gehen, die Tür mit dem Fliegengitter zuziehen, hinauf in die erste Etage, wo Lina liegt. Mit aufgequollenen Gliedmaßen und blauen Lippen. Ich habe sie zugedeckt. Als ob sie noch frieren könnte.

Nanina Egli
Das Paradies beginnt im orangen Rondell aus Plexiglas

»Einmal im Leben sollen meine Haare lang sein, hinab bis zum Arsch.« Ob ihre Haare noch wachsen? Ist das nur ein Schauermärchen? Aber auch wenn sie noch wachsen, so lang, so lang werden sie nie.

Die aktuelle Ausstellung heißt »Der Traum vom Glück. Schweizer Auswanderung auf brasilianische Kaffeeplantagen« und ich sitze in der alten Villa am See, an der Kasse des Kaffeemuseums und warte auf die Besucher. Wir haben seit fünf Minuten offen, das Jahr ist noch jung, draußen stöbert der Schnee und um das Museum stehen die Erlen. Vor einer Woche hatte ich Geburtstag. Und Veronique und ich, wir hatten zusammen Dienst. Ich hatte mich freiwillig für Weihnachten gemeldet. Ich feiere meinen Geburtstag nicht. Es hat sowieso niemand Zeit, am zweiten Weihnachtstag.

Da kommen sie schon die greisen Besucherinnen, die alten Schachteln, und mir schmerzen die Schläfen schon jetzt vom Lächeln. Es klingelt. »Darf ich Sie rein bitten, ja hier gleich in den Museumsshop, seit Mai verlangen wir Eintritt, wie viel? Normalpreis fünf Schweizer Franken und ermäßigt für drei, wann es Ermäßigung gibt, ja zum Beispiel, wenn man studiert, oder auch in anderen Fällen, ja zum Beispiel, wenn Sie eine Museumskarte besitzen … Rente? Ja, dann auch, aber Sie sind doch sicher noch nicht pensioniert! Doch! Sagen Sie! Wie haben Sie das bloß gemacht? Gefärbt? Ja aber die Haare sind nur das eine …«
    Sie strahlen die Runzeln, die alten Schachteln sie zahlen, ich schließe die Kasse.
    Veronique hat immer bewundert, wie freundlich ich mit den Besucherinnen bin, auch wenn sie uns nerven.

Nun es ist nicht Freundlichkeit. Es ist Ironie. Und Bösartigkeit. Und Hass auf das Alter. Aber es kommt daher wie Freundlichkeit. Und darum ist es Freundlichkeit.

»Die aktuelle Ausstellung ›Der Traum vom Glück. Schweizer Auswanderung auf brasilianische Kaffeeplantagen‹ beginnt dort bei der Schweizerkarte, es wäre gut, wenn Sie in die Hörstation reinhören könnten, und dann geht es zum orangen Rondell aus Plexiglas, das soll das Paradies darstellen, und dann in den nächsten Raum, das ist Brasilien und um aufs Schiff zu kommen, müssen Sie um die Schweiz herumgehen und die Treppe hinab. Unten gibt es dann Gratiskaffee, wenn Sie Lust bekommen haben, oder Tee, falls Sie keinen Kaffee mögen, was ich ja nicht hoffen möchte ...« – ein Lachen: »Doch, doch!« – »und hier oben gibt es spezielle Espressi, die kosten drei Franken, denn es sind sortenreine, weil normalerweise trinkt man ja nur Mischungen aus verschiedenen Sorten und es ist ganz spannend, die Sortenreinen einmal auszuprobieren. Die Garderobe? Die ist gleich neben der Schweiz, dort, wo die Mäntel hängen, und Entschuldigung, was haben Sie gefragt? Die Toiletten, die sind dort, hinter der Schweiz, Sie sehen sie gleich, wenn Sie darum herumgehen.«

Die alten Frauen rascheln mit den Prospekten von anderen Museen, mit denen sie sich reichlich eingedeckt haben und murmeln leise die Wandtexte nach. Und ihr Murmeln mischt sich mit dem Wispern der Hörstationen, das aus den Kopfhörern dringt. Ich muss die Kopfhörer so laut einstellen, dass man eigentlich keinen Kopfhörer braucht, sonst reklamieren die Alten, es sei zu leise. Die schwarzen Kabel bilden am Boden Schlingen, die ich regelmäßig entwirren und nach oben binden sollte, denn sonst verfängt sich ein alter Fuß darin und jemand stürzt, stürzt tief und bricht sich am Schluss noch den Hals.

Hin und wieder dringen Fetzen des »Girl from Ipanema« aus dem Paradies aus orangem Plexiglas hierher in den Museumsshop zu mir. Ich war neidisch auf sie.

Warum ihr Vater gerade mich anrief? Von der Museumsleitung hat er niemanden erreicht. Und meine ehemalige Handarbeitslehrerin war Veroniques Tante. So ist er auf meine Nummer gekommen. Und ich dachte noch, jemand wollte mir ein gutes, neues Jahr wünschen.

Eine alte Schachtel traut sich zu mir: »Sie wissen sicher viel über Kaffee?« – »Ja schon …« »Wissen Sie, wenn ich nach vier Uhr Kaffee trinke, dann kann ich nachts nicht mehr schlafen!«
»Sie wissen sicher viel über Kaffee?« – »Ja schon …« »Wissen Sie gewisse Sorten, die stoßen mir immer sauer auf!«
»Sie wissen sicher viel über Kaffee?« – »Ja schon …« »Wissen Sie, meine neue Kaffeemaschine, die macht nur bitteren Kaffee!«

Und für so was studiert man Kulturgeschichte. Veronique hat Volksliteratur studiert. Und wollte ihre Magisterarbeit über Anklänge von Drogenerfahrungen in »Alice im Wunderland« und »Alice hinter den Spiegeln« schreiben. Als sie vor einer Woche von dieser neuen Idee gesprochen hatte, konnte ich mich natürlich nicht zurückhalten. Ich bin ein durchschnittlicher Mensch. Von durchschnittlicher Größe, durchschnittliche Figur, habe ein durchschnittliches Gesicht. Nichts fällt auf an mir. Die Leute vergessen meinen Namen. Ich bin weder extravertiert, noch introvertiert, sondern irgendwo dazwischen. Ich bin eine Lehrerstocher, mit sechs Generationen von Lehrern hinter mir. Und ich werde die siebte sein. Was soll man sonst schon anfangen mit einem Geschichtsstudium? Der Traum vom Glück. Ich träume nicht und weiß nicht, was Glück heißt.

Ich öffne das Fenster. Es schneit, der Schneegeruch ist schlicht, kalt und ehrlich. Die Erlen sind düster. Es klingelt, ich schließe das Fenster und öffne die Tür. Besucherinnen kommen und freuen sich am Kaffeeduft. »Die aktuelle Ausstellung über Schweizer Auswanderung nach Brasilien heißt ›Der Traum vom Glück‹. Sie beginnt dort bei der Schweizerkarte, es wäre gut, wenn Sie in die Hörstation reinhören könnten, und dann geht es zum orangen Rondell aus Plexiglas, das soll das Paradies darstellen, und dann in den nächsten Raum, das ist Brasilien und um aufs Schiff zu kommen, müssen Sie um die Schweiz herumgehen und die Treppe hinab.« Die gleiche Leier. Ganze Wochenenden lang.

Das einzige Außergewöhnliche, was ich jemals getan habe, sind meine Selbstexperimente mit einheimischen Giftpflanzen. Ansonsten trinke ich nicht mal Alkohol. Und Kaffee eigentlich auch nur, weil das hier im Kaffeemuseum hin und wieder erwartet wird. Jedem erzähle ich über kurz oder lang von meinen Experimenten. Weil es sonst von mir nichts zu erzählen gibt. Das Gefühl danach ist schal. Und doch tue ich es wieder und wieder. Veronique hatte Hasenzähne. Sie schürzte ungläubig die Lippen, nachdem ihr davon erzählt hatte: »Weißt du. Ich habe da dieses große Glas voller Blätter. Von einem Kollegen. Ich denke, es ist Tollkirsche.«

Was habe ich ihr geantwortet? Ich weiß es nicht mehr. Nachdem ihr Vater mich gestern anrief, habe ich die Sätze »Lass bloß die Finger davon. Belladonna ist gefährlich und besonders schön ist der Trip auch nicht«, so häufig vor mich hingeflüstert, dass ich mir nicht sicher bin, ob ich sie vor einer Woche sprach oder nicht. Ich habe mein Gedächtnis ausgetrickst. Ich weiß nicht einmal wie groß meine Schuld ist. Wenn ich schuldig bin, dann bin ich wenigstens etwas.

Ich fülle den Ständer mit dem Informationsmaterial auf. Rücke die Kaffeepackungen zurecht. Streiche den Staub von den Büchern. Mehr zu tun gibt es nicht. Um vier wird es dunkel sein. Und um fünf schließen wir und ich muss nach unten gehen. Es hätte andere Anzeichen gegeben. Im Nachhinein kann man sie deuten. Veronique erzählte vor einer Woche, dass sie auf dem Weg hierher, das Seequai entlang, verfolgt worden sei. Von einem dunklen Mann den ganzen Weg. Nun, seit sie das Asyldurchgangszentrum hierher gebaut haben ist das normal. Man erklärt alles mit Normalem. Dass sie Dinge, die ich ihr erzählt habe kurz darauf, als eigene Erlebnisse weiter erzählt hat, das erklärte ich mit ihrer lebhaften Phantasie. Es gibt solche Leute! Und es gab immer eine einfache Erklärung. Für alles.

Sie war speziell. Etwas Besonderes. Die Schnürstiefel. Immer trug sie die. Mit hohen Absätzen. Und langen Schäften bis über das Knie. Und Hunderten von Häkchen. Und ihre Haare waren lang und schwarz, auch wenn sie ihr noch nicht bis zum Arsch reichten. Ich hätte nie etwas so Vulgäres sagen können. Meine Haare sind auch nur schulterlang. Und mittelbraun. Ihre Augen standen leicht schräg. Und ihre Kleider. Violette Blusen. Und Flowerpowerblumenröcke. Sie saß nie still. Und war furchtbar dünn.

Die Stimme des Vaters war ruhig und trocken: »Es war ihr Wille und wir müssen das akzeptieren.« Wille, Wille, was wusste der schon. Das Wie, das große schreckliche Wie, hämmerte durch mich durch und ich schluckte und schluckte. Wie tat sie es, wie? Der Vater sprach nicht vom Wie. Er fragte, ob ich ihren Dienst übernehmen könnte. Es wäre Veroniques Tag gewesen. Heute.

Wie groß ist meine Schuld? Was habe ich ihr gesagt, als sie vom Glas sprach, vom großen Glas mit den Tollkirschenblättern? Was habe ich ihr bloß gesagt? »Lass bloß die Finger davon. Belladonna ist gefährlich und besonders schön ist der Trip auch nicht.« Habe ich das gesagt? Ich weiß es nicht. Ich weiß es nicht mehr.

Wenn man auf die schöne Frau trifft dann ist danach nichts mehr wie zuvor. Die Blätter haben diesen Geruch, wild und verwesend. Und ihre Beeren sind süß und fad, nicht bitter, wie jedermann behauptet. Man kaut die Blätter. Grüner Saft tropft aus dem Mund. Ein sattes Trommeln. Das Trommeln wird heftiger. Rascher. Pulst durch mich durch. Fährt in die Glieder. Es ist das eigene Herz. Durst, so trocken, so trocken. Die Nackenhaare stellen sich einem auf. Man ist nicht allein. Eine übermäßige Freude mischt sich mit Panik. Sie ist stark. Ist sie stärker als ich? Sie ist stärker als jeder. Und ich bin schwach. Die Pupillen beginnen sich zu weiten. Man sieht das Nahe nicht mehr. Nicht einmal die eigenen Hände, die verschwimmen in der Umgebung. Dafür gewinnt man an Weitblick. Weit, weit. Über den Horizont hinaus, weit über die Zeit. Der Wald. Wo ist die Quelle. Mineralsalzen schattig. Wo fließt sie nur. Die Zunge zerbirst im immer weiter werdenden Mund. Den Hang hinauf. Mein Gesicht heiß, so heiß und Quellwasser fließt mir über das Gesicht, das zerspringt. Und das Wasser fließt wieder aus dem Mund heraus. Man schluckt und schluckt und nichts geht hinunter. Die Lust sich hinzulegen. Doch nein, man muss hinaus, hinaus aus dem Wald. Fieber. Flammen. Daheim im Bett. Wird man je wieder aufwachen? Ein Kranz aus verzerrten Gesichtern über einem ruft: »Komm mit! Komm mit! Flieg mit uns!«

Ich flog damals nicht. Wenn sie mich gewollt hätten, sie hätten mich mit Gewalt mitgezogen. Ich flog auch nicht bei späteren Versuchen. Ich fürchte mich vor dem Fliegen. Einmal als Kind in einem Schullager standen wir auf einem Felsen. Über einem See. Und jedes Mädchen sprang schreiend hinab. Eins nach dem anderen. Ich blieb stehen. Fürchte ich mich vor dem Fall? Vor dem Aufprall? Oder davor, nie anzukommen?

Was habe ich Veronique erzählt. Ich weiß es nicht mehr. Viel Zeit blieb uns nicht zum Schwatzen. Ein Klingeln zerschnitt den schon ohnehin dünnen Gesprächsfaden. »Rente? Nein, Sie lügen!«
»Das Paradies beginnt dort beim orangen Rondell aus Plexiglas.«

Der Vater war verstummt und ich hörte dem Besetztzeichen zu. Ihre Tante, meine Handarbeitslehrerin, mit der ich seit Jahren nicht mehr gesprochen hatte, war mitteilsamer. Das Wie, das schrecklich hämmernde Wie blieb nicht lange unbeantwortet. Stranguliert. Sie sprang, sie sprang in den Tod und flog und flog und kam niemals an. Zuerst Erleichterung. Es war nicht Gift. Ich bin nicht schuld. Ich bin nicht einmal schuldig. Aber wenn sie die schöne Frau zum Springen zwang?

Um vier wird es dunkel sein. Und um fünf schließen wir. Und ich bin allein. Und muss unten aufräumen. Ich werde die Kaffeemaschine reinigen. Und den Zucker, den die alten Schachteln verstreut haben, vom Tablett blasen und sonst wo hin. Die Figurinen, welche die Auswanderer darstellen, werden Schatten werfen im schummrigen Licht. Zu grelles Licht schadet den alten Fotografien. Die Kopfhörerkabel werden Schlingen bilden. Und ich werde wischen und aufpassen, dass sich mein Besenstiel nicht im Arm einer Figurine verfängt.

Eine der alten Schachteln kommt zu mir in den Shop und beklagt sich darüber, dass wir so wenige Tassen zeigen. Früher war es ganz anders. Ja früher, vor zehn Jahren. Aber da habe ich noch nicht hier gearbeitet. Hat sie die langen Schnürsenkel aus ihren Schuhen gelöst? Haben ihre Haare, die ihr noch nicht bis zum Arsch hinabreichten, haben ihre Haare im Wind geweht? Hat sie sanft geschaukelt auf ihrem Flug in die Ewigkeit? Quollen ihr die Zunge aus dem Mund und die Augen hervor, als ihr Vater sie fand? »Es tut mir leid, werte Dame, momentan sind wirklich wenige Stücke aus unserer Sammlung ausgestellt. Aber in der nächsten Ausstellung werden Sie sicherlich ganz auf Ihre Kosten kommen. Porzellan wird das Thema sein. Und Sie werden die schönsten Stücke aus unserer Sammlung bestaunen können.«

Sie hatte nicht alle Tassen im Schrank. Sie war verrückt. Niemand hat es gemerkt, auch ich nicht. Aber warum ließen sie die Eltern wieder gehen, als sie von den Viren sprach, die aus ihrem Computer herauskrochen. Alles erzählte mir die Tante. »Aber es bleibt unter uns. Diskretion, du verstehst. Auch wie sie starb. Es war ihr Wille.« Ich ärgerte mich darüber, dass sie mich duzte und schämte mich gleich darauf für das Ärgern. Was heißt Wille? Ein unguter Geist soll auf dem Museum liegen, so hat sie der Tante erzählt. Und einmal sei all der Sand, der den Boden des orangen Rondells aus Plexiglas bedeckt, einmal sei all der Sand weggewesen und sie habe ihn unten, zwischen dem Schiff und der Hölle der Plantage gefunden. Ein großer Haufen gelben Sandes.

Hat die schöne Frau sie zum Springen verführt? Wenn ich nach unten gehen werde, später um fünf, wenn wir schließen und außer mir niemand mehr hier ist, wird sie dann da sein? Draußen schneit es weiterhin sanft zwischen den Erlen. Das Jahr ist noch jung. Und ich bin überrascht, dass die greisen Schachteln schon so alt sind: »Wie haben Sie das bloß gemacht? Gefärbt? Ja aber die Haare sind nur das eine …«

Schwarz und lang, aber nicht so lange, wie sie wollte. Sie werden Sand über die Sache streuen. Die Todesanzeige wird nach Krebs klingen. Ich werde nicht an die Beerdigung gehen. Was habe ich vor einer Woche gesagt? Ich werde die Körnchen Sand nicht wieder hinauf tragen. Die Sandkörnchen aus dem Paradies, welche an den Gesundheitsschuhen der Greisinnen klebend unten auf den Boden fielen. Irgendwo zwischen dem Schiff und der Hölle der Plantage. »Lass bloß die Finger davon. Die schöne Frau ist gefährlich.« Ich werde den Sand zusammenwischen und nach draußen werfen. In den beharrlich stöbernden Schnee.

Karola Foltyn-Binder
Schönes neues Jahr

Der Himmel wippte über mir auf und ab und Kieselsteine schoben sich in meine Sandalen, während mein Vater Monster spielte und mich hinter sich herschleifte. Irgendwann wurde er müde, setzte sich erschöpft ins Gras und blinzelte in die Sonne, die sich bedächtig hinter die Weinberge zurückzog und uns noch mit ihren letzten Strahlen zum Abschied winkte.

Ich musste ihn wieder mit meinen Fragen quälen. Fragen, für die ich mich jetzt ohrfeigen würde.

»Ein kleines Baby, es kann nur überleben, wenn du mir das Herz raus reißt. Was tust du?«

»Lass mi in Ruah, Bua!«, er stand abrupt auf, schlapfte über Wurzeln und moosüberwucherte Steine hinweg, sein Rücken nickte mir ein »Nein« zu.

»Aber du musst dich entscheiden!«

Diese verdammte Fragerei. Egal, welche Antwort er mir gegeben hätte, ich wäre enttäuscht gewesen.

»Los! Du hast nur noch zwei Sekunden! Dann geht die Welt unter! Einundzwanzig, zweiundzwanzig …«

Ich warf die Arme in die Höhe, nasse Erdbrocken fielen auf meine erhitzten Wangen, und ich brüllte: »Weltuntergang! Es ist aus! Wir sterben beide!«

Als ich die Augen öffnete, stand das breite Gesicht des Vaters vor mir wie der Mond, wenn er in den Bilderbüchern die Kinder mit den Laternen begrinsen muss. Die Brille beschlagen von der feuchten Luft, der Mund wieder in seinen unzähligen Lachfalten vergraben. Er reichte mir die Hand, die Bewegungen dabei so langsam, wie es nur jemand konnte, der im Leben schon oft gebremst worden war. »Komm Bua, gemma heim.«

Wie gerne wäre ich der »Bua« geblieben. Jetzt war ich Frau.

Der Alte saß neben mir am Bett, vor uns flimmerte ein lächerlicher Porno mit zwei schlecht spielenden Lesben und er wollte nichts als reden. Klara stellte uns die vierte Flasche Sekt auf den

Vorzimmertisch, ohne uns dabei auch nur mit einem Seitenblick zu streifen, während draußen die Böller knallten, Betrunkene das neue Jahrtausend bejubelten und Feuerwerke den Himmel in rotes Licht tauchten. Eine unangebrochene Sektflasche mehr, wieder zwei Stunden um, wieder ein Tausender für mich und einer für die Chefin. Ich machte einen letzten Versuch und tastete mich mit der Hand vorsichtig bis zu seinem Schoß. Aber ich spürte nichts, und er schob die Hand auch gleich wieder weg. Davor hatte ich mich immer gefürchtet. Ich war nichts ohne die Lust des anderen. Und dann diese Frage. Warum glauben die Menschen, dass sie zu Silvester eine besondere Erkenntnis haben müssen? Was ging mich die Sinnfindung dieses impotenten Greises an?

Warum also dieser Beruf? Weil es mir Spaß macht. So einfach ist das. Wenn das schwere Atmen meine Ohren betäubt, der schweißnasse Körper gegen meinen Unterleib klatscht, ich die Gier und Sehnsucht in den Augen des anderen sehe, der Samen in und über mich spritzt, dann fühle ich mich am Leben, vollständig, in Ordnung. Ich schwimme in der Leidenschaft des Mannes, löse mich auf, bin sein Schwanz und seine Hände, packe meinen Hintern, als ob es ein fremder wäre. Stehe außerhalb. Nur das blitzartige Zucken von orange leuchtenden Zackenlinien, die sich von der Herzkammer bis zu meinen Schamlippen vorarbeiten, erinnert mich daran, dass ich in diesem anderen Körper stecke. Es ist mir gleich, wer wie mit mir Sex will. Ob mit der Peitsche oder demütig im Kniestand. Ob der Freier fett, ordinär, brutal, stinkend, verklemmt oder pervers ist. Auch schön darf er sein. Wichtig ist nur seine Leidenschaft, damit ich in seiner Lust untertauchen und aus meinem Körper verschwinden kann.

Er saß da auf der Bettkante, die Hände vor der schmalen Brust verschränkt, den Kopf leicht nach links geneigt und sah mich an, als ob ich seine Patientin wäre: »Und was empfindest du jetzt?«

Beklemmung ob meiner großen Brüste, die so sinnlos den Körper beschweren, weil sie niemand halten will. Diese scheußliche Tapete. Es war das erste Mal, dass ich sie mir bewusst ansah. Ein verblichenes altmodisches Blümchenmuster auf uringelbem Hintergrund. Davor plump der rote, staubige Lampenschirm. Noch nie war ich mir so billig vorgekommen, obwohl er mich die ganze Nacht für nichts bezahlte.

»Hast du nie geliebt?«

Liebe – natürlich, Liebe für fast alle Wesen auf dieser Erde, eine bedingungslose Liebe zum Leben, zur Seele, zum Geist und auch zum Körper, und sei er noch so verformt. Aber keine ausklammernde Liebe, keine besitzergreifende, keine erwartende.

»Keine, die enttäuscht werden kann«, setzte der Alte irgendwie traurig fort. »Und umgekehrt? Gab es keine Männer, die dich erobern wollten? Die ihre romantischen Träume in dich projizierten? Die dich aus dieser Situation befreien wollten?«

Befreien! Ich lachte laut auf. Wenn ich Sentimentalitäten spüre, stelle ich mich blöd, davon will ich nichts wissen. Ich gehöre niemanden. Lasse mich von niemandem unter emotionalen Druck setzen. Der italienische Obsthändler, der jeden Mittwoch kam und sich mit seinem prallen Bauch auf mich stürzte. Nach zehn Minuten war es vorbei.

»Du musst ihn länger hinhalten«, hatte die Chefin gemahnt. »Kein Mensch legt zwei Blaue für eine Viertelstunde hin.«

Aber das war unser ganz persönliches Tempo. Es war gut so. Bis er mich eines Tages ankeuchte: »Morgen komme ich mit meinem Freund! Ein Bulle! Der wird dich fertig machen!«

Ich hatte mich gefreut. Es hätte ein besonderes Erlebnis werden können. Die Lust zweier Männer. Noch weniger Gefahr, abrupt aus dem Rausch aufzutauchen und den anderen plötzlich nicht mehr zu spüren. Stattdessen ein eifersüchtiger Othello. Während der Polizist seinen Knüppel zwischen meine Beine schob und mich dabei ansah, als wolle er jeden Moment zubeißen und seinen Kopf in meinem blutenden Körper wälzen, wurde es über mir ganz kalt. Der Schwanz des Italieners baumelte verschrumpelt über meinem Gesicht, ich fuhr mit der Zunge darüber, noch immer ganz aufgetankt von der Gier des Polizisten, aber plötzlich stank es nur noch nach Urin und Schweiß, die faltigen Hodensäcke hingen schlapp wie ausgedörrte Pflaumen über mir. Auch der Bulle war ruhig geworden und sah den Italiener abwartend, ja lauernd an. Mich fror, ich zog das zusammengeknüllte Leintuch aus der Ecke des Bettes zu mir herüber, aber der Italiener riss es mir aus den Händen und fing an, mich damit zu würgen.

»Dreckiges buttana! Merda Stück Dreck!«

Er hatte plötzlich den Schlagstock in der Hand, ich versuchte mich schnell aus dem Bett auf den Boden zu rollen, aber er hatte mich genau am Hinterkopf erwischt.

Die knochigen Finger des Alten strichen mir über das Haar, sodass ich wie elektrisiert zurückzuckte. Der Jauchzer eines jungen Mädchens hallte an unserem Fenster vorbei und zog einen scharfen Riss durch unser Schweigen. Dann fingen wir beide gleichzeitig zu reden an.

»Ich ...«
»Du ...«
Wir stockten kurz, dann bat er mich, ihm noch etwas aus meinem früheren Leben zu erzählen.

»Erzähle mir noch eine Geschichte!«
Der Vater lag im Bett. Ich wusste, er würde dabei einschlafen, aber nichts beruhigte mich mehr als das gleichmäßige Schnaufen, während ich immer leiser werdend vorlas.

»Das Märchen vom dicken, fetten Pfannkuchen. Es war einmal eine Frau, die hatte sieben hungrige Kinder. Also nahm sie Mehl, Eier ...«

Die Buchstaben umschlossen uns wie die warmen Strömungen einer heißen Quelle. Jedes Wort pulsierte wie ein kräftiger Herzschlag in unserer Nabelschnur und schweißte uns noch stärker zusammen. Der Vater schloss die Augen, der Mund öffnete sich langsam wie der Schnabel eines hungrigen Vogeljungens und die ersten Schnarcher kämpften sich durch seinen Rachen. In diesen Momenten konnte uns niemand etwas anhaben. Die Luft um uns war sakral. Das Doppelbett unsere Arche. Der kleine Raum voller Spinnweben und Lurch unser heiliges Refugium, das alle bösen Kräfte bannte.

»Der Pfannkuchen opferte sich zum Schluss, nicht wahr?«
Der Alte öffnete leise lächelnd die erste Flasche Sekt und reichte mir das Glas, so unaufdringlich und beiläufig, als wären wir alte Freunde in einer sehr vertrauten, schon oft durchgespielten Situation.

Ja, er sucht die Freiheit und endet als Märtyrer. Jetzt musste auch ich lachen. Die Freiheit! Mit ihr versuche ich mein ganzes Leben zu rechtfertigen. Wenn ich mir im Caféhaus die Paare ansehe, wie sie sich gegenseitig immer mehr Luft und Energie nehmen und trotzdem aneinander kleben bleiben, weil sie die Einsamkeit so sehr fürchten, dass sie dafür sogar ein Leben im Dämmerzustand in Kauf nehmen, dann weiß ich, dass ich so etwas niemals will. Ich lebe jeden Tag, jede Minute, jede Sekunde ohne den geringsten Vorsatz, ohne Verpflichtungen, Verantwortungen und Einschränkungen. Ich lasse mich vom Schicksal überraschen, lasse mich von niemandem heimlich in irgendwelche Rollen zwingen, wie die Frauen, die dann eines Tages entsetzt feststellen, dass sie plötzlich nur mehr bügelnd im Wohnzimmer stehen, während die Bälger nach Essen schreien und der Ehemann genau denselben sterilen Sex fordert wie schon die Wochen, Monate und Jahre zuvor.

»Sehnst du dich nicht manchmal nach einem warmen Kuss? Nach einer sanften Umarmung? Nach jemandem, der dir Frühstück macht, deinen Rücken massiert, mit dir durch herbstliche Wälder schlendert und dir die Hand hält, wenn es grau um dich wird?«

Er berührte sanft meine Hand, die sich trotzig an einer Marlboro festhielt. Dann stand er auf und schaltete den Fernseher aus. Die Umrisse eines prallen Hinterns flirrten noch ein paar Sekunden über den erlöschenden Bildschirm. Seine langen, dürren Beine standen so fest und sicher auf dem Boden, dass ich ihn kurz als stolzen Gardeoffizier vor mir sah.

»Und was passiert, wenn die Männer keine Lust mehr auf dich haben?«

»Würdest du lieber tot sein als nie wieder lieben zu können?«

Dieses verdammte Fragespiel. Wo hatte ich diese Fragen mit meinen zehn Jahren nur aufgeschnappt?

Der Vater ächzte unter der schweren Last des Küchenkastens, und ich stellte ihm diese elende Frage. »Antworte Vati!«

Er seufzte noch ein »Net jetzt, Bua!«, dann kippte er plötzlich um.

Der Küchenkasten donnerte auf den Boden und der Kopf meines Vaters schlug knapp daneben auf. Eine silberne Schnalle wirbelte verzweifelt vor meinen Füßen wie ein Schiff in Seenot, dann war es sehr still. Eine unfassbare Ewigkeit stand ich mit offenem Mund da, noch immer meine dumme Frage im Kopf, nicht begreifend, was da eben vor mir passiert war. Dann stolperte ich zu dem am Rücken liegenden Vater. Das rechte Auge zwinkerte und der rechte Mundwinkel hob sich leicht, während die linke Gesichtsseite eisern blieb, wie tot. Er versuchte etwas zu sagen, aber die Zunge spielte nicht mit. Speichel rann ihm aus dem Mund, und ich wusste nichts anderes zu tun, als ihn wegzuküssen. Ich schmuste meinen Vater ab, als ob ich damit alles rückgängig machen könnte. Meine Hände pressten seinen Kopf zusammen, ich weinte über sein müdes Gesicht, dass ich ihn liebe, und drückte meine Wangen an die seinen. Er versuchte noch immer, etwas zu sagen. Die schmalen Augen schrieen um Hilfe. Noch nie hatte er mich so direkt angesehen. Ich starrte auf den kauenden Mund, aber die Laute waren unverständlich. Er zeichnete mit den Fingern etwas in die Luft. Wo waren Papier und Stifte? Ich raste mehrmals durch den kleinen Raum ins Vorzimmer und wieder zurück, völlig orientierungslos und ohne einen einzigen klaren Gedanken fassen zu können. Irgendwann tauchte ein Bleistift vor mir auf, eine alte Telefonrechnung lag daneben, und ich hielt die Utensilien zitternd über meinen Vater, der den Bleistift nahm, ein D und ein U hinkritzelte, dann verließ ihn die Kraft und auf dem Papier erschienen nur noch undefinierbare Zacken und Wellen. In meiner Verwirrtheit dachte ich nur an »Du«. Du musst jetzt stark sein. Du darfst nicht weinen. Du bist meine Tochter. Du sollst Hilfe holen! Wie viel Zeit hatte ich verschwendet! Da stand das Telefon die ganze Zeit wie ein Rettungsanker vor mir, und ich tat nichts anderes als weinen und küssen. Die Zahlen schwirrten in meinem Kopf. 122, 133 – Feuerwehr, Rettung oder Polizei? Da gab es doch einen Merkspruch! Warum hatte ich nie aufgepasst! Die absurdesten Gedanken und Sprüche dröhnten mir in den Ohren. Eins, zwei, drei, vier, fünf, sechs, sieben, eine alte Frau kocht Rüben. Ich wählte.

In wenigen Minuten würde alles wieder in Ordnung sein. Er lächelte schief.

Als sie kamen, bewegte sich auch die andere Gesichtshälfte nicht mehr. Sie brachten ihn raus und das Wort DURST prangte in riesigen Lettern über seiner Bahre.

Der Alte hockte nun am Fensterbrett, hinter ihm verblasste der Mond und einzelne Feuerwerke konkurrierten noch mit dem Morgenrot. Die Knallfrösche spielten sich auf einen sehr langsamen Rhythmus ein und ich öffnete mein drittes Zigarettenpackerl.

»Und was kam danach?«

Nichts. Der karierte Hausfrauenkittel einer Pflegemutter, zerknüllte Aufgabenhefte, der Mundgeruch vieler Schuldirektoren, zwei Stockbetten auf neun Quadratmetern, der Samenerguss von pickeligen Stiefbrüdern, ein Stiefvater, der das Monster nicht nur spielte, die Reife und die Freiheit.

Damals war ich mir noch sicher, dass etwas kommen wird, etwas Überraschendes, Überwältigendes, das alles ins Gegenteil verkehrt und mich vor Glück erschauern lässt.

Ich kauerte auf der Bettkante und fror. Draußen zogen die ersten Jännerwolken über den grauen Himmel. Er zog sich den Mantel an und reichte mir die Hand. Langsam. Sehr langsam.

»Gehen wir noch auf ein Frühstück?«

Ich schüttelte den Kopf, als ob ich damit die Vertrautheit der vergangenen Nacht wieder abwerfen wollte. Seine Lachfalten zogen sich in mehreren tiefen Spuren über die Wangen. Er nahm mein Gesicht in seine Hände und flüsterte kaum hörbar ›Was für eine treue Seele‹. Dann drehte er sich um und verschwand hinter der schweren Zimmertür.

Die Chefin trocknete ein Sektglas mit einem schmutzigen Geschirrtuch ab und sah mich von oben herab an.

»Der Türlsteher von visavis war schon dreimal da und hat nach dir gfragt. Er kanns scho gar nimma erwarten. Gehts no?«

Ich warf mir den Schal über die Haare und wankte hinaus, als ob ich betrunken wäre. Der frische Schnee wärmte mich. Ich sah die Konturen des Alten in der Ferne. Der Türlsteher kam auf mich zu und grinste breit. Ich konnte seine Geilheit riechen. Der Alte bog um die Ecke. Seine Gasse war wieder menschenleer. Der Himmel senkte sich auf mich herab, der Schnee schmiegte sich an meine Stiefel und ich, ich war wieder der »Bua«. Für einen kurzen Moment zumindest.

Lea Gottheil
Texte

April

Ich irre in der Stadt herum und das seit Tagen. Gut, seit Tagen ist die Stadt in meinem Kopf und wartet auf meinen Besuch. Es mag am kleinen Hobbit liegen, dem in meiner Tasche so schlecht geworden ist wie den Zwergen in den Weinfässern, die den Fluss hinunterrollen, dass ich so irre. Der Hobbit wird auf meinen Wegen geschüttelt und selten herausgenommen. Bei diesem Regen würde er glatt ertrinken. Das gönne ich ihm nicht: Durch den Nachtwald bis zum Drachen Smaug ohne heftige Kratzer zu kommen, um dann an einem gewöhnlichen Regentag in der Stadt Zürich den Tod durch Ersaufen zu erleiden. Ich irre, wenn ich meine Abenteuer am Hobbit messe und muss nun damit aufhören. Hundert Seiten lebe ich noch mit dem Hobbit, dann muss wieder eine Schriftstellerin her, die in einer Großstadt lebt, sonst ziehe ich doch noch aufs Land, in der Hoffnung, in der Stille das Abenteuer zu finden. In den Gerüchen und Vogelstimmen, die ich endlich auseinander halten werde können. Ich hätte nie gedacht, dass es so viel Mut braucht, sich zu entscheiden. Stadt oder Land. Der kleine Hobbit ist zu seinem Abenteuer gezwungen worden. Vielleicht kommt ja der Zauberer mal bei mir vorbei.

Ich weiß, dass meine Augen rot glühen, als ich im Bus bin, der um diese Zeit bestimmt nicht so voll sein sollte wie wenn ich zur Arbeit fahre. Ich habe also ganz leicht das Gefühl, dass ich zur Arbeit fahre und nicht zu einem Stadtbummel, was reicht, um mich in einen Wolf zu verwandeln. Die Frau ist bestimmt jünger als ich, sie hat ihr kurzes Haar alles auf eine Seite gekämmt und trägt rot. Sie steht nur kurz neben mir und setzt sich dann sogar auf einen Platz, der in die Rückwärtsrichtung steht. Selbst sie fürchtet sich vor einem Wolf. Eine Frau sagt: »Ich meine einen richtigen Knall.« Der Mann fragt zurück: »Einen richtigen Knall?« Die Frau antwortet: »Einen richtigen.« Am Central will jeder zuerst aussteigen, auch das kann ich begreifen. Aber lasst doch zuerst den Wolf aussteigen, dann seid ihr ihn los. In der Panik hört man auf zu denken. Bevor ich meine Haare schneiden lasse, muss ich das Glühen in meinen Augen loswerden. Ich schaue in die Limmat. Sie trägt schlammgrün und ist kraus. Das hilft.

Ich weiß nicht, ob mir diese Frisur jetzt gut steht, es geht auch alles viel zu schnell, so schnell wie mir die Coiffeuse erzählt, dass ihre Schwester im September einen Buben zur Welt bringen wird und man also jetzt schon, im dritten Monat sieht, dass es ein Knabe wird. Das gefällt mir wirklich gut. Ehe ich ihr anvertraue, dass auch ich in letzter Zeit öfter an Kinderglück oder Kinderunglück denke, legt sie die Schere weg und kassiert danach so schnell ein, dass ich das Gefühl habe, sie will mich loswerden, weil ich sonst noch vom Kindermachen anfange.

Ich kaufe zwei T-Shirts, zwei Kapuzenjacken und eine indische Bluse, die mich an Japan erinnert, einen Lippenstift, der eigentlich Balsam ist, aber glänzt und blauen Lidschatten. Die Kapuzenjacken sehen aus wie jene, die die Jungs von der Band Pluesch getragen haben, die gestern in einer Kindersendung zu Gast waren. Lustig, dass ich mich so sehr über den Lippenstift freue, der glänzt unauffällig und macht mich im Nu hübsch.

Jetzt Claire besuchen. Sie hat mir die schönsten Jeanshosen verkauft, die ich je in meinem Leben getragen habe. Claire hat eine Zahnlücke und so einen breiten Mund, dass man eine Kirsche hineinwerfen möchte, wenn sie lacht. Ihre Haut ist milchschokoladenbraun. Sie hat an diesem Tag sonnengelb getragen. Jetzt Claire besuchen, ob sie mich noch erkennen würde? Ich will mir noch so eine Hose kaufen und ich muss ihr erzählen, dass mich alle sehr bewundern, in dieser Hose, und dass ich, seit ihrer Beratung, zu meiner Figur stehen könne, alles wichtige Sachen, die ich manchmal vergesse. Ich betrete den Laden und weiß gleich, dass Claire nicht da ist. So etwas weiß man gleich, auch wenn man den untersten Stock noch nicht besucht hat. Im untersten Stock ist eine Frau, die fragt mich, was ich denn suche. Ich will genau solche Hosen, die eng am Arsch anliegen, aber man merkt das gar nicht, Hosen, in denen ich die Welt abspaziere, als wäre ich endlich in Zürich daheim. »Dies ist mein erster Tag hier, möchtest du ein bisschen schauen?« Sagt es und ich weiß, dass ich Claire nicht wieder sehe. Sie ist da, nicht Claire. Sie hat schlechte Haut und blasses Haar. Lässt mich ein wenig schauen und teilt mir mit, dass es meine Größe nicht gebe. Claire war zu groß für den Laden. Sie war zu farbig für den Laden. Ich kaufe mir ein sonnengelbes T-Shirt und weiß, dass ich nie wieder in den Laden gehen werde.

Das Regenwetter kommt immer mit, in die Straßenbahn. »Das Fleisch hat acht Franken fünfzig gekostet«, sagt eine ältere Frau hinter meinem Rücken. »Und die Kartoffeln, die haben drei achtzig gekostet«, sagt eine jüngere Frau. »Jetzt wollte ich doch noch einen Osterhasen kaufen«, sagt die Ältere. »Das kannst du ja noch, wir können in den Coop.« – »Kann ich da meine Karte nochmals brauchen?«, möchte die ältere Frau wissen. »Sicher. Ich war nie drin, in dem Coop da. Nie. Nie war ich drin«, sagt die jüngere Frau.

Sie haben überall das Plakat zum zweiten Elling-Film aufgehängt. Elling, war das nicht der Verrückte, der nie unter Menschen geht, weil er da Panik bekommt, sich in die Hosen macht? Mein Regenschirm klappt von selbst zu, als ich auf meine Haustüre zusteure. Manchmal glaube ich eben doch an Gandalf, den Zauberer. Im Trockenen werde ich dem Hobbit folgen, damit ich endlich wieder ein Buch lesen kann von einer Schriftstellerin, die in der Großstadt lebt.

Rauschgoldengel

Sie war die einzige Frau unter den Jungs. Hätten die Jungs Haarspray benutzt und sich die Schuhe poliert, wären es keine Jungs gewesen, sondern Männer. Keiner wusste, wo sie schliefen, ob sie sich von Brot oder ausschließlich Bier am Leben erhielten. Ihre zotteligen Hunde machten keine Angst, als ob sie ebenfalls zu betrunken wären, um jemanden anzugreifen. Die Frau schnitt sich die Haare nicht, nie war es fettig, strähnig, es reichte ihr bis in die Taille, war hell und kräftig. In kalten Nächten und an Wintertagen kuschelte sie sich in dieses Haar und wenn sich ein Spatz darin eingenistet hätte, dann hätte sie ihn nisten lassen. Die Jungs und sie, die einzige Frau, lebten im Dreck. Wenn man im Dreck lebt, dann lässt man einiges zu. Möglich, dass sie bedauernswert waren. Sie lebten auf diesem einzigen Flecken Erde, jeder Tag musste sich gleichen wie ein Kieselstein dem anderen, die auf den Platz gestreut waren. Im Alkoholrausch reisten sie, die Jungs und die Frau reiste auch, vielleicht reisten sie zusammen. Die Jungs legten ihren Kopf auf die Brust der Frau und sie streichelte ihnen übers Haar. Sie nahm die Hunde an der Leine und rannte mit ihnen über den Platz, zwischen die Stahlgerüste, über die Sitzbänke, scharrte mit ihnen in den Kieselsteinen, galoppierte zurück zu den Jungs und fasste sich ein Bier. Sie schimpfte mit ihnen über die Spießer, ihre Familien, die Bullen, die fehlenden Arbeitsplätze, die Kindheit, die Regierung, den Alkohol. Sie nahm ab und zu einen der Jungs an einen versteckten Ort und befriedigte ihn. Sie roch nach Dachstock, Bier und Frau. Es hätte vermutlich zu einer roten Zora gereicht, aber romantisch kann man da nicht werden, sie lebte in der Großstadt, der Alkohol im Blut hatte ihre Haut aufgeschwemmt und im Kopf starben Zellen wie die Ameisen auf dem Platz zwischen den Kieseln.

Man vergisst, dass die im Rausch Namen haben und meistens sind es nicht ihre richtigen Namen, mit denen sie sich ansprechen. Die Hunde haben es besser, die sind nicht anonym.

Als die helle Frau starb, bekam sie von einem Journalisten ein paar Zeilen in die Zeitung geschrieben. Es war kein Nachruf, es wurde von einem Vorfall gesprochen. Es musste ihr zu eng geworden sein, auf dem Platz. Sie suchte die Engelstrompete, ein Nachtschattengewächs, das sie auf eine lange Reise schicken würde. Sie kam nie mehr zurück. Die Engelstrompete begleitete sie und wenn es einen Rauschgoldengel gibt, dann ist sie das.

Die Jungs lachten nicht viel, kuschelten sich an ihre Hunde, schimpften in ihren eigenen Bieratem. Sie kauften Bier, Blumen, Kerzen in roten Plastikbehältern und stellten sie auf die Kieselsteine.

Die Einsiedlerin

und dass sie alleine wohnen würde, hätte sie auch nicht gedacht, inmitten der buchstaben, die in ihr gehirn segeln, staubflocken, die sich verdichten, sie lässt sie liegen, sie wirbelt sie auf, sie saugt sie nie weg, müde und trocken wird sie von den flocken, ab und zu denkt sie an die weite von einsiedeln, zum beispiel, steigt in die straßenbahn, steigt nicht in den zug, findet sich in ihrer wohnung, der staubsauger bleibt im schrank, spinnen kriechen über die wände, träge betrachtet sie die bleistiftminenbeine, ihre füße sind klebrig vom alleinsein, sie dreht ihre runden vom bücherregal zur tastatur, manchmal musik, manchmal worte, greift in ihr universum, es ist zu klein, es ist zu groß, denkt an wasser, wasser gegen staub, wasser, um sich weich zu schwimmen, bleibt sitzen, wird die buchstaben nie los, hat lange kein fieber gehabt, fühlt dennoch fieber, braucht kerze um kerze gegen das kalte licht, draußen, wo sie nicht ist, wo sie hingehen möchte, vielleicht morgen, vielleicht in einem jahr, sie hätte nicht gedacht, dass sie eingehüllt wird, eingestaubt bis zum hals, einzige bewohnerin einer wohnung, eingesiedelt.

Sibylle Luithlen
Familienurlaub

Dies ist die Geschichte von einem Familienurlaub, also ist es eine schöne Geschichte. Familienurlaube sind schön, deshalb gibt es von Familienurlauben nur schöne Geschichten zu erzählen.

Anwesende: der Vater, die Stiefmutter, die Tante, Schwester eins plus Freund, Schwester zwei plus Freund und Kind, Schwester drei (ihr Freund kommt später für ein paar Tage), Schwester vier, alleine.

Ort: ein schönes Haus in der Bretagne (nur gemietet) mit einem großen Garten, einen knappen Kilometer vom Meer.

Zeit: August, beste Ferienzeit, trotzdem nicht zu voll.

Morgens. Der Vater: er liegt wach im Bett, die Augen geschlossen, und sagt sich, dass es schön ist, mit seinen erwachsenen Kindern wegzufahren, dass sie sich alle sehr gut verstehen, und wenn nicht, dass sie es ab heute tun werden, alles kann nur besser werden, schon seit Jahren wird es besser. Dazu das blaue Meer und der blaue Himmel, weißer Sand, es kann nur noch besser werden, als es eh schon geworden ist.

Die Stiefmutter liegt auch wach im Bett, mit offenen Augen, sie denkt, dass der Vater noch schläft. Weiter denkt sie an ihren Kollegen, der ausgerufen hat, sie sei wohl verrückt, mit den ganzen Halbstarken in Urlaub zu fahren, geschrien hat er es fast, Halbstarke, seinen Urlaub mit Halbstarken verschwenden, und nicht mal die eigenen, verrückt sowas. Natürlich hat sie sich verteidigt, sich und die Halbstarken und deren Vater, der ihr Mann ist. Sie hat ihrem Kollegen gesagt, dass es sehr schön ist, mit der Familie wegzufahren, zudem in die Bretagne, wo der Sand weiß ist und das Wasser blau.

Die Tante: Sie ist schon auf und putzt sich gerade die Zähne.

Für die Tante ist die Anwesenheit der Familie des Bruders die Abwesenheit ihrer eigenen. Die älteste Nichte ist die Abwesenheit ihrer Tochter, die zweite die ihres Sohnes. Die zweite Frau des Bruders ist die Abwesenheit eines Partners, das Kind der zweiten Nichte ist die eines Enkels.

Die Leute laufen als ihre pure Negation durch das große, gemietete Ferienhaus, wo sie gehen, ist ein Loch in der Luft. Sie sind das Gegenteil von dem, was sie zu sein glauben.

Schwester eins: Sie schläft noch und träumt, dass ihr Freund endlich Vernunft annehmen wird; erkennen, wie haltlos egozentrisch er ist, dass viel Gutes in ihm schlummert, was es nur noch aufzudecken gilt, entdeckt hat sie es schon, für ihn, sie hat tiefer in ihn gesehen als er selber, denn bei seiner krankhaften Introspektion sieht er immer nur das, was er sehen will, aber nie das Gute, denn das will er nicht sehen; er findet Gutes in Menschen lächerlich. In ihrem Traum endlich sieht er es, er schreit, es leuchtet wie Gold, der Rest ist schwarz wie Kohle, das, was er bisher für Gold gehalten hat, ist Kohle, da, wo er nichts vermutete, ist Gold. Juhu.

Freund von Schwester eins: Er hat sich in die Küche geschlichen und isst – ein Stück Käse, einen Joghurt, ein Stück Baguette mit Butter, zwei Kekse. Er hat schnell verstanden, dass die Familie ihn aushungern will, dass man versucht, ihn durch Nahrungsentzug zu schwächen, um ihn sich danach einzuverleiben. Die Familie duldet keine Fremdkörper, und jeder, der nicht aus ihrem Fleisch ist, ist ein Fremdkörper, es sei denn, er lässt sich einverleiben, was bedeutet, dass das Gehirn mit den Familiengehirnen gleichgeschaltet wird.

Damit das nicht passiert, muss sich der Freund von Schwester eins gut ernähren; dann, wenn die Familie ihn nicht überwachen kann.

Schwester zwei: Sie schläft nicht richtig, ist aber auch nicht richtig wach; genau dieser Zwischenzustand, in dem die Assoziationen frei fließen und ganz ohne Zutun des Bewusstseins die unheiligsten Allianzen eingehen; unheilige Allianzen sind ein Merkmal ihres Geistes und ihrer Familie; sie hat noch nicht herausgefunden, ob es da einen Zusammenhang gibt.

Bretagne und Betrug, heißer Sand und heiße Tränen, kaltes Wasser und kalte Herzen, lange Spaziergänge und langnasige Lügen, Schifffahrt auf dem Meer und Schiffbruch in der Seele,

Schwester und Schwager, Boules spielen und Glück spielen, Muscheln sammeln und Vorwürfe, nachher wird alles gezählt und verteilt, keiner geht leer aus.

Das sind alles so Allianzen, die man getrost unheilig nennen kann.

Freund von Schwester zwei: Er sitzt unter dem Fenster und liest. Wenn man liest, fließt der Inhalt des Buches durch die Augen in den Kopf und breitet sich dort aus. Er ist wie eine Tapete, mit der man seinen Kopf auskleidet; sie kann düster sein, lustig, beruhigend, erregend, einfach schön. Das Gute am Lesen ist, dass man Einfluss auf die Tapete hat, mit der der Kopf ausgekleidet wird.

Der Freund von Schwester zwei sieht, dass Schwester zwei nicht richtig schläft. Wenn er sich zu ihr beugt, hört er in ihrem Innern etwas leise ticken: Er versucht zu glauben, es sei eine Uhr.

Das Kind von Schwester zwei: Es spielt, dass ein Auto ein Auto ist, ein anderes Auto ein anderes Auto, ein Unfall ein Unfall, eine Muschel der Fahrer, eine andere Muschel der andere Fahrer, eine dritte der Polizist, der rote Holzklotz die Ampel, an der die Autos ineinander krachen. Das Kind denkt an nichts als die Autos und den Polizisten und die Ampel. Ab und zu sieht es zu seinem Vater, der am Fenster liest, oder zu seiner Mutter, deren Arm bis auf den Boden hängt und deren Haare abstehen.

Schwester drei: Sie hat sich im Bad eingeschlossen und denkt daran, dass die Stiefmutter ihr seit zehn Jahren versucht, den Vater wegzunehmen. Dass sie zur Strafe Sonderwürste braten wird, so viele, dass allen schlecht wird von dem Geruch, vor allem der Stiefmutter, alle werden erst husten, dann kotzen, denn Tag und Nacht wird ihnen der fettige Dampf ihrer Sonderwürste um die Nase ziehen; zehn Jahre sind zehn Jahre, jetzt wird sie zehn Jahre Sonderwürste braten, zumindest aber die drei Wochen Familienurlaub.

Die erste Sonderwurst des Tages ist eine Ananas, die sie liebevoll in kleine Stücke schneidet und ganz alleine aufisst. Damit riskiert sie den Amoklauf der Familie, jeden Morgen, drei Wochen lang.

Schwester vier: sie schläft noch tief; traumlos.

Eine Stunde später sitzen alle zusammen beim Frühstück. Der Himmel ist blau, das Meer sicher auch, der Sand ist weiß (wieso auch nicht), wünsche einen guten Morgen, sagen sie und schütteln sich die Hände, Familienurlaub ist schön, sagt das Kind.

Früher Nachmittag. Der Vater: Er steht am Strand (der Sand ist weiß) und versucht, das alles mit neuen Augen zu sehen; den blauen Himmel, die Möwen, die im Wind segeln, die Felsen, gegen die sich die Wellen brechen.
Er hat sich zu seiner zweiten Hochzeit einfach neue Augen gewünscht, und es hat geklappt. Keine unangenehmen Déjà-vus, selbst in der Bretagne nicht, er kann sich frei bewegen, überall auf der Welt, alles ist reingewaschen von Erinnerungen.
Irgendwann hat der Vater verstanden, dass nur das wirklich ist, was man auch sieht. Wenn man nur das Gute sieht, ist nur das Gute wirklich.
Sein Enkelkind rennt auf ihn zu, seine Haare wehen im Wind, es hat einen roten Eimer in der Hand: Der Vater weiß, dass diese Momente zu den besten gehören. Nicht im Urlaub: im Leben. Er fürchtet, dass seine Frau dahinter kommen könnte.

Die Stiefmutter: Sie liegt auf einem gestreiften Handtuch unter einem gestreiften Sonnenschirm und schleicht hinter Donna Leon her durch die engen Gassen von Venedig. Venedig ist kalt und grau und voll von verworfenen Subjekten.

Die Tante: Sie liegt im Bikini in der Sonne und versucht den kühlen Wind zu ignorieren. Dabei stellt sie im Kopf Berechnungen über ihr Leben an, sie ist sehr gut im Kopfrechnen; wie viele Tage sie mit und wie viele sie ohne Mann verbracht hat, wie viele Stunden sie mit ihren Kindern gespielt hat, wie viele diese sie besucht haben, seit sie ausgezogen sind, wie viel Geld sie verdient hätte, wenn sie ihr Studium beendet hätte, statt zu heiraten.
Die Zahlenkolonnen rieseln wie feiner Sand durch ihr Gehirn, sie hinterlassen ein sonderbares, trockenes Gefühl.

Schwester eins: Sie lässt sich im Wasser treiben und ist erstaunt, wie leicht sich das Leben dort anfühlt. Leicht und flutschig, es macht den entschlossenen Zugriff zu einer Geste der Vergeblichkeit. Der entschlossene Zugriff hat sich als Umgangsform zwischen Schwester eins und dem Leben bisher bewährt, darum ist es ungewohnt, plötzlich auf ihn verzichten zu müssen, wenn auch nur für die Zeit, die man im Wasser treibt.

Freund von Schwester eins: Er weiß, dass er gut aussieht in Badehose. Leider gibt es wenig Publikum; von den wenigen sind die meisten unwürdig. Bleibt eigentlich nur Schwester vier: sie weiß, wie ein Mann auszusehen hat, dass er andere Eigenschaften braucht als eine Goldgrube aus Tugend in seinem Inneren.

Er sucht den Blick von Schwester vier: Mit dem einen Auge funkt sie ihn an, mit dem anderen bittet sie um Schutz; vor sich selber. Das zweite übersieht er.

Schwester zwei: In ihrem Inneren ist eine verkorkte Flasche mit einem Geist drin; der Geist ist böse und verworfen, so ungefähr das Letzte, was man in sich haben möchte.

Immer versucht er zu entkommen, der Korken wackelt schon, schiebt sich langsam hoch, jede Sekunde muss Schwester zwei aufpassen, dass der Korken nicht rausspringt und der Geist entkommt. Sie weiß nicht, was dann passieren würde, aber sie weiß, dass es das Ende wäre, der Supergau. Darum starrt sie auf die Flasche, schiebt den Korken wieder rein, sobald er sich bewegt, sie ist damit vollauf beschäftigt.

Der Sand, der Wind, das blaue Meer, die Rufe der Schwestern, die Muscheln des Kindes, es ist wie ein Theaterstück, bei dem sie keinen Auftritt hat. Aber sie ist die Einzige, die das weiß.

Freund von Schwester zwei: Er ist eine dunkle Silhouette vor dem weißen Sand, schwarzes Jackett, schwarze Hose, er könnte so aus einem Film gestiegen sein.

Seine Kleider sind seine Rüstung, sie schützen ihn vor den Elementen, vor unerwarteten Angriffen und respektlosen Blicken. Sie bilden eine Schutzschicht zwischen seinem empfindlichen Körper und der empfindungsarmen Welt. Auch fürchtet er, er würde sich ohne sie nicht wiedererkennen, nicht an einem Strand. Er sähe plötzlich aus wie jedermann. Er ist kein jedermann; es ist keine Schande, das zu zeigen.

Manchmal gelingt es ihm, den Blick von Schwester zwei zu angeln; er versucht, ihn zu verstehen.

Das Kind: Es sammelt Muscheln und sortiert sie nach Farben. Es findet tote Krebse und Quallen, baut Burgen mit dem Großvater und buddelt mit seinem blauen Spaten im nassen Sand ein Loch, das sich direkt mit Wasser füllt.

Schwester drei: Sie liegt zu Hause und blättert in einer Brigitte der Tante.
Alle sind zum Strand gefahren, deshalb musste sie zu Hause bleiben. Wenn sie wiederkommen, wird sie zum Strand gehen, wenn sie essen, wird sie fasten, wenn sie ins Bett gehen, wird sie aufbleiben und so weiter. Sie muss immer das Gegenteil von dem machen, was die anderen tun, sonst verschwindet sie. Auf der Stelle löst sie sich in eine Art weißen Rauch auf; sie hat es schon ein paar Mal erlebt, es ist sehr schmerzhaft.
Von außen sieht ihr Verhalten aus wie Trotz, dabei ist es der reine Überlebenswille. Der Vater nennt Leute mit Überlebenswillen kapriziös.

Schwester vier: Sie sitzt mit angewinkelten Beinen am Strand, auf die Arme gestützt. Mit einem Auge betrachtet sie den Freund von Schwester eins, er sieht gut aus, mit dem anderen versucht sie ihm zu sagen, dass ihr egal ist, wie er aussieht. Das ist sehr kompliziert, ihre Augen kommen durcheinander und fangen irgendwann an weh zu tun.
Bei allem, was Schwester vier anfängt, kommt das genaue Gegenteil von dem raus, was sie beabsichtigt. Versucht sie ehrlich zu sein, lügt sie, versucht sie zu arbeiten, faulenzt sie, will sie sich freuen, weint sie.
Jetzt versucht sie, nicht an ihren Freund zu Hause zu denken, denn sie weiß, wenn sie an ihn denken will, wird sie gerade nicht an ihn denken.

Abends: Der Vater liegt auf einer Teakholzliege zwischen Hortensien, aus dem gekippten Küchenfester wehen Essensdüfte. Er ist sehr müde.
Das Gute zu sehen, kostet den Geist Kraft, das Schlechte zu sehen, gibt ihm Kraft, das hat der Vater schon vor langer Zeit rausgefunden. Das ist zwar widersinnig, aber es ist so. Da der Vater nur das Gute sieht, ist er abends sehr erschöpft, am erschöpftesten von allen. Manchmal versucht er, auch das Schlechte zu

sehen, um seinen Geist nicht zu ermüden, aber er sieht es einfach nicht. Er fragt sich, wie die anderen das machen: das Schlechte sehen. Vielleicht bilden sie es sich nur ein.

Die Stiefmutter: Sie steht zwischen Töpfen und Pfannen, stellt Flammen groß und klein, rührt in Lebensmitteln. Alles dampft und zischt. Wie in einer Hexenküche. Der Küche von einer Hexe. Eine Hexe kann hexen, das heißt zaubern. Vielleicht kann sie zaubern. Sicher kann sie zaubern. Wer mit so viel fremdem Fleisch und Blut in Ferien fährt, dem bleibt gar nichts anderes übrig.

Wenn sie die Augen ganz fest schließt und mit ihrem Kochlöffel ein paar Zeichen in die Luft malt, vielleicht ist dann morgen alles anders. Vielleicht reden sie weniger, lachen und weinen weniger, sind einfach weniger hysterisch, die Leute in dem gemieteten Haus. Es lohnt auf jeden Fall einen Versuch.

Die Tante: Sie steht auch in der dampfenden Küche. Dort, wo die Stiefmutter steht, ist ein Loch in der Luft. Das Loch ist schwarz.

Die Tante schält einen Apfel, die Schale hängt in einer Spirale nach unten. Die Schale darf nicht abreißen, denn sie ist ihr Lebensfaden. Seit über fünfzig Jahren klettert sie eine magere, spiralförmige Schale hoch; wenn sie oben ankommt, wird da ein fetter Apfel sein.

Schwester eins: Sie sitzt auf dem Sofa und berät mit Schwester zwei darüber, wie die Überwachung des Freundes von Schwester eins verbessert werden kann, denn Schwester drei hat ihnen hinterbracht, dass sie ihn beim heimlichen Essen gehört hat. Hinterbracht. Beim heimlichen Essen. Gehört hat sie ihn, nicht gesehen. Kühlschrank auf, knister knister (die Alufolie über der Butter), klack (Käsedose), Kaugeräusche, rrritsch (der Joghurt), Kühlschrank zu, eindeutig. Sie sind sich einig, dass Derartiges in Zukunft verhindert werden muss, dass ihr geistiges Annektierungsvorhaben durch heimliches Essen in seinem Kern bedroht ist, dass ihre Familieninteressen empfindlich verletzt werden; mit Füßen getreten, genau genommen. Dass sie das nicht zulassen können und ihnen nur eins zu tun bleibt: die Überwachung des Freundes von Schwester eins zu verbessern. Die letzten Lücken im System zu schließen.

Freund von Schwester eins: Er ruht, denn er braucht Ruhe. Nie ist genug Ruhe da, ebenso wenig wie Nahrung, Aufmerksamkeit, gute Stimmung, er lebt in einem ständigen Mangelzustand. Depraviert, so würde er sich beschreiben. Liebe, Nahrung, Aufmerksamkeit, Ruhe, alles bekommt er nur in kleinen Dosen, gerade zuviel zum Sterben. Sein Leben ist eine einzige Dürreperiode.
  Äußerlich ist das Leben des Freundes von Schwester eins unauffällig; faktisch lebt er dauernd in einer Extremsituation.

Schwester zwei: Sie sitzt mit Schwester eins auf dem Sofa und berät.

Freund von Schwester zwei: Er soll mit Schwester vier den Tisch decken. Schwester vier wollte draußen decken, er drinnen, denn die Wolken sahen nach Regen aus; Schwester vier war stur, hat sich ihm widersetzt, und jetzt – regnet es. Natürlich. Natürlich hatte er Recht. Der Freund von Schwester zwei hat immer Recht; es ist genetisch. Ein Arzt hat es ihm bestätigt: Es ist ihm von seinen genetischen Voraussetzungen her unmöglich, nicht Recht zu haben.
  Manchmal wünscht sich der Freund von Schwester zwei nichts so sehnlichst wie einmal im Unrecht zu sein.

Das Kind: Es gießt mit einer kleinen Blechkanne die Blumen, obwohl es angefangen hat zu regnen. Es rettet einen Marienkäfer aus der Regentonne.
  Dann holt es ein Bilderbuch und schiebt sich zwischen Schwester eins und Schwester zwei aufs Sofa. Es möchte vorgelesen bekommen.

Schwester drei: Jetzt, wo alle wieder zu Hause sind, geht sie an den Strand.
  Immer, wenn sie im Meer schwimmt, rechnet sie damit, zu ertrinken. Das Meer ist kalt und blau, der Strand ist weiß, über ihr kreisen kreischende Möwen, vielleicht wäre jetzt der Moment, weiter zu gehen. Einmal bis zum Ende zu gehen, eine radikale Lösung, das tun, was sich die anderen nicht mal zu denken trauen. Schwester drei liebt radikale Lösungen.
  Sie weiß nicht, wozu sie weniger Lust hat: zu ertrinken oder nach Hause zu gehen.

Schwester vier: Sie möchte den Tisch decken, aber gleich der erste Teller fällt ihr runter. Statt ins Glas gießt sie das Wasser auf den Boden. Sie möchte sich über den rechthaberischen Freund von Schwester zwei ärgern, aber sie ärgert sich nicht. Später, wenn sie friedlich einschlafen will, wird sie wieder weinen.

Manchmal denkt Schwester vier, die ganze Welt ist nur gemacht, um sich ihren Wünschen zu widersetzen. Die Welt ist ihr als Gegner zu groß; sie fühlt sich ihr nicht gewachsen.

Ein paar Stunden später liegen alle in ihren Betten (nur Schwester drei liest noch unten).

Es war ein schöner Tag, der Sand war weiß, der Himmel blau, die Möwen haben hinreichend laut gekreischt, alle sind müde. Noch im Einschlafen denken sie, dass Familienurlaub schön ist.

Christoph Pollmann
Skritzler
(Textauszug)

1

Der Wind ging scharf, zog durch die Nähte meines Pullovers, griff mir, als wir den kleinen Flughafen verließen, mit sibirischer Hand ins Gesicht und verzog mir jäh dessen Ausdruck. Es dunkelte längst, obwohl meine Uhr erst halb drei am Nachmittag zeigte.

Auf dem Weg zum Taxi meinte Nora, dass sich die Sonne im Winter nur mit äußerster Mühe über den Horizont stemme und eine sehr flache Bahn in der Ferne ziehe. Das Tageslicht sei dann wie aus Blei, stumpf und tot. Winters sei hier die große Zeit des Trinkens und Vereinsamens. Sechs endlose Monate ginge das so. Das hatte die Balten zu den fleißigsten Selbstmördern Europas gemacht. (Nora lachte knapp.) Aber die hohe Selbstmordrate kam auch daher, dass ihnen die Russen das Schnapssaufen beigebracht hätten. Um den Letten zu zeigen, wie mit diesen Wässerchen ein Leben im Sozialismus, dieser elenden Konservendose, von der sie dachten, sie könnten ihr nie entfliehen, erst zu ertragen sei. Und beim Trinken (dazu schnipste sie sich mit dem Zeigefinger einen Stempel an den Hals, ihr Fingernagel machte ein feuchtes Klatschgeräusch dabei) fände dann jeder die verlorene Klarheit wieder, fände jenes durchsichtig-strahlende Licht, das hier im Winter so sehr fehle, fände es 100-grammweise in seinem Glas, und verliere es wieder – Schluck um Schluck – an seine dunkle Gastgeberin, die Depression.

Das Taxi war alte Sowjetscheiße. Es sollte wohl an einen Fiat erinnern. Wir saßen auf knotigen Schafsfellen. Der Chauffeur aschte pausenlos die Konsole voll, redete kaum und nickte mechanisch, wenn Nora ihm etwas zu erklären suchte. Er hatte das Taxameter ausgeschaltet und folgte ihren Anweisungen, ohne sie nur eines Seitenblickes zu würdigen. Er sah aus wie ein ausgetrocknetes Wrack und lugte gebuckelt, wir lugten gebuckelt, durch die halb beschlagene, halb vereiste Windschutzscheibe.

Auf einer von Stahlseilen getragenen Brücke – einer Äolsharfe für Riesen, dachte ich – sahen wir zur Rechten und Linken, wo eigentlich die Daugava strömen sollte, dann nur Weiß, weiße Lava. Einige dunkle Flecken, Menschen zumeist, schlugen, andere bohrten Löcher in jene harte Flut, wieder andere saßen längst auf ihren Hockern und senkten die Angel in ihr Eisloch. Brueghel kam mir in den Sinn, ein Brueghel mit Fernsehturmraketen und Stalinfassade zwar, doch auch mit einer sich endlos verlierenden Weite und darin ausgestreut-verlorenem Leben.

Wir qualmten schließlich alle, die Fenster blieben geschlossen. Ein Heizgebläse hechelte in unsere Gesichter. Wenn meine Hand am Glas rieb, sah ich meist nur Schnee, beiseite geschaufelt zu Wällen, die sich wie Kriegsschutt ausnahmen. Die sie umströmenden Fußgänger verschmolzen zu einer dunklen, zähfließenden Masse mit abertausend luftschäumenden Nüstern. Einen großen Boulevard fuhren wir jetzt entlang, Aufmarschbreite, paradetauglich. Vom Jugendstil aber, den mir Nora versprochen hatte, war nichts zu sehen. Vollständig verschattet lagen die Häuser im Dunkel ihres schmutzigen Putzes. Es war inzwischen halb vier geworden und finstre Nacht.

»Besser du zeigst mir, wie traurige Letten trinken.«

Sie stöhnte kurz auf, drehte sich um und legte ihren Arm wie eine sprungbereite Katze auf den Sitz. »Elender Nichtsnutz«, lachte sie. Und so spie uns das Taxi an einer kleinen, eckigen Säule aus. Das Wort Laima leuchtete darauf in klobig braunen Baukastenbuchstaben. Es klang wie ein uralter Frauenname.

In etwa hundert Metern Entfernung, in der Mitte des weitgreifenden Platzes, strahlte eine viel mächtigere Säule auf. Wie aus kaltem Licht gehämmert erschien sie mir. Auf der Spitze reckte sich ein schlankes Weib, leicht gewandet nur, gesenkt ihr Blick. Die Hände waren wie eine Schale gen Himmel erhoben, darin funkelten drei goldne Sterne. War sie jene Laima? Lettischstes aller Weiber?

Nora zog mich ins Melnais kakis – Die Schwarze Katze. Einer dieser Dutzendläden, wie ich sie von Herzen verabscheute: In der Luft Parfumzirkus, in polierten Tischplatten nur polierte Visagen, dazu frisch gequetschter Saft, großes Salatvarieté und Musik, die zur Meuterei aufrief. Lange Schürzen huschten durch Handelsblätterrascheln, jeder ein Manager hier, stockmarketsteif, jede ein Modell, … a material girl in a material …, allesamt nippend am heißen Knistern ihrer Milchschaumkrönchen, diesen Luftnummern voll Zimt und Gift.

»Du hast ein Gesicht wie ein Bratapfel, Normund. Dachte, wir wärmen uns mal auf.«

»Hier wird mir eisekalt, Schätzchen. Existenziellstes Bibbern.«

»Komm schon, nur ein Drink.«

»Sag nicht Drink, ja? Sag nie wieder Drink!«

Wir thronten unter den Bastarden. Meinen Rucksack setzte ich auf einen der knarzenden Rattanstühle, ein Geräusch, als ob man sich in einem Adlerhorst einrichtet. Die Kosmetik eines Girls verformte sich zu einem Grinsen. Neben ihr eine Ostweltfratze mit rosa Seidenschlips. Ich hoffte insgeheim, dass Nora baltisches Bier bestellt hatte, ich wollte Unmengen zu mir nehmen. Zu meiner Enttäuschung wurden dampfende Tässchen serviert. Es sah aus wie Kaffee, roch aber – »Ich bin kein Herrengedecktyp, Nora!«

»Das ist Rigas Balzam.«

»Kann man das pur haben?«

Sie schaute vorwurfsvoll, winkte aber eine Schürze heran.

»Wie viel? 100 Gramm?«

Ich nickte, auch wenn es klang, als wenn sie Aufschnitt orderte.

»Balzams, simts gramm, ludzu.«

Schlierendes, schwarzes Gebräu kam, Sirup im Cognacschwenker, destilliert aus düsteren Marschen, kräuterschwer und unheilvoll. Balzams, simts gramm, ludzu, rief ich denn immer häufiger. Was es auch heißen mochte, es war mein Schrei nach der Bitterkeit des Nordens und nach dezembrischem Trost.

»Kauf dir 'ne Flasche, Normund! Du säufst uns hier noch arm. Das ist nicht gerade ein billiger Laden.«

»Total billig, schau dich nur mal um! Die Tante neben uns!«

»Ihr Freund meint, du solltest dich endlich zusammennehmen und aufhören auf seine Freundin zu zeigen, während du lachst.«

»Der ist doch genauso 'n Furz! Kriegt die Visage lackiert, wenn's ihm nicht passt!«

Ich sog dickes Schwarz in mich hinein.

»Vielleicht sollten wir ja was essen gehen? Was meinst du?«

»Davor noch 'ne Flasche Balsam, meine Lettischste – und groß muss sie sein!«

2

Wellenbögen am Horizont, Nachtglühen in fünferlei Kathedralen, in halben Rosetten. Alle zieht's zum Messplatz hin: Mantelgrau, Stiefelgrau, Pelzkappengrau. Kein Kindergesicht, nicht die Unschuld vom Lande, bloß Stapfen der erwachsenen Stadt, voll Drill und verschnupfter Vernunft. Die Röchler und Huster, die Dürren und Sehnigen, zur Mast der Massen sie ziehn, dem Quintkuppeldome entgegen.

Es ist Marktnacht, aus den Köpfen quillt Atem: verderbt, minzen, tabaken, schnapsen, biersauer, geschlechtlich, verzwiebelt. Großer Stank, unisono mit Keuchen von Schorn und Stein, von Aus und Puff. Im Orange der Straßenzeilen, jenem wüsten Orange von Riga, das aufstrahlt zwischen schmutzigem Putz und putzigem Schmutz.

»Komm schon, Normund!«

Sie slalomte geschickt durchs Volk, doch ich, ganz Hucken und Packen, shalomte nur jedem, rammte mal den, mal die an, rüpelte gar eine Alte weg, klein Omchen mit Zitterstock, gichtumklammert, hat dicke Galoschen an, drin Knöcherbeine stakakaksten und schlackackackerten.

»Vergebt Meister Sirup, dem Dickwanst, dem balsamierten Moorsoldaten, dem Herrn von Sumpf und zu Heide. Vergebt und euch wird ... Nicht so fix, Nora! Hörst du? Gnade sei Dirmirunsallen hienieden, den Hucken- und den Packenträgern, den Beladenen und Windgescheuchten, Gnade ihnen!«

Doch sie fegt gnadlos fort, gnadewegs gnadeaus und gnad wieder rechts.

»Das Ding hier wiegt 'nen halben Zentner, verdammt!«

»Das Problem bist du – und nicht dein Rucksack!«

Was sie wohl wieder damit sagen wollte, ich sei das Problem, ich, abermals ich. Missmutige Letten, altes Selbstmördervolk, geborene Entleiber vom Stamme der Harakirianer und Seppukuniten. Reizklima, zu Nordnordostzuost, so war das nämlich. Dr. Celsius sei mit uns.

»-belaschibelaschi-«

Hat nen Karren vorm Bug, Mutter Courage, ewige Marketenderin.

»-schibelaschibela-«
Brotdämpfe steigen auf, Fleisch- und Fettruch.
»Schmeckt das, Nora?«
Da blieb sie stehen, wandte sich um, tragisch-trotzigen Auges und sprach: »Belaschi ist Russenfraß! Frag besser nicht, was drin ist!« Und schnurrte gleich wieder fort, den Riesenhallen zu.

Zentralmarkt: Blut lag in der Luft und drehte süßliche Schlieren um meine Eisnase, Opferblut der Lämmer Gottes. Was für eine Kirche, Kinder, was für ein heiliges Haus! Im Seitenschiff fackelt einer Borsten von den Schweinsgesichtern. Die Butanflasche spuckt fleißig gelbes Heiß. In Wällen das Fleisch links und rechts und wir schreiten mitten durchs Rohe, durchziehen das Blutrote Meer. Oberst von Sumpf und zu Heide in seinen Schützengräben: fleischgemauert und knochenerekt. (Sôse bênrenkî, sôse blutrenkî.) »Auf Kamerad, Fleisch dem Fleische, Blut dem Herrn, die Knochen den elenden Hunden! Das sei die Losung im Kampfe. Wirf dich mutig ins Massaker, Soldat, die Messer liegen längst bereit: Stecher und Ausweider, Abhäuter, Ausbeiner. Metzel dich hindurch und schnetzel dich hinein! Hau alles in Stücke, himmlischer Metzger, und vollende das Werk entfleischender, ausblutender Gottesliebe dann schließlich an dir selbst! Ja, das ist sie, die wahre, wahrste Inkarnation, die Zerkarnierung der Zerkanirschten! Ihr Blut sei ein Strom dem Herrn, ein Wein seinem geheiligten Grale. So wird aus Soldat Hackepeter St. Bluotzibluoda, ein Märtyrer.«
Nora nahm die Kapuze ab und stieß eine Schwade Erlösung aus: »Mein liebster Ort in Riga. War früher mal für Zeppeline.«
Schwerter zu Pflugscharen, Hangars zu Markthallen, Torf zu Balsam. Oh, ihr Letten! Mit gescheuchten Augen suchte ich nach dunkelbraunen Balsamflaschen.
Im Durchgang zur Milchhalle ein dürrer Alter. Die Brille wie verkohlte Toastbrotscheiben, seine Pelzkappe sah aus wie ein schlafendes Stachelschwein. Er hockte abgedrängt vom großen Marktgeschäft, las und paffte was. Ein strammes Bataillon Braunröcke salutierte hinter ihm.
»Russe! Hier rüber, Normund.«
Sie kaufte den Balsam lieber bei einer wulstigen Jungen vom Lande. Die sah aus, als ob man Milch und Blut gemischt hätte. Bunt Bäcklein und Busen, die wie Ferkel im Sack zappelten. Nora scherzte und lachte mit ihr und sie wurden einig.

»Dazu was Kräftiges: Hering im Pelz!«
Was sollte ich da noch sagen?

3

Als ich aufwärts schielte, als ich also schieläugig halb nach oben glotzte, 45, 50° himmelwärts womöglich, als ich mich in aufrechte Position brachte, fragte ich mich, wo wir überhaupt waren. Der Asphalt wand sich wie ein schwarz-glänzender Fluss durch die Klippen der Häuserblöcke. Keine Seele war unterwegs, nur wir in einem stinkenden Taxiwrack.

Ich musste zu Sinnen kommen, das gute Sensorium war wieder so entregelt: entzündete Nerven, klopfendes Blut, frech stank balsamierter Hering den Hals hoch. Ich klemmte das linke Auge zu, um meinen Blick zu justieren. Das andere klebte noch zusammen von Wimpern und verheddertem Schlafschleim. Kaum hatte ich die Lider auseinandergezwungen, sah ich durch die Scheibe schockweite Augen starren, Brüllmund, Kopf ohne Körper, aufgespießt auf einem weit in die Nacht erhobenen Erker! Zwillingsgleich die Schwester zu ihrer Seite und bald auch eines dritten Weibes Haupt, leiblos, nur mit schweren, steinernen Schwingen bestückt. Wo waren wir? Am Ende der Fahrt eine Sphinx mit starker Brust, lagernd vor einem Haus hielt sie Wache.

»Sind wir am Ort unserer Bestimmung? So gib Charon denn seinen Lohn und lass uns von hinnen zu dannen. Mir ist gar torkelig zumute.«

Nora drückte dem Alten seinen Obolus in die Hand. Langes, weißes Haar umschlang den trockenhäutigen Schädel. Dann sah ich noch kurz sein nasses Auge durch den Rückspiegel huschen. Schon tauchte er ab in die Finsternis.

»Die weltberühmte Alberta iela! Hier wohn ich.«

»Das ist lettisch für Hades, nicht?«

Statt Antwort zu geben, drückte sie ein schweres Portal auf, zentral beknauft. Der Stank eines verbrunzten Treppenhauses kam uns entgegen. Nora tatschte im Dunkeln an der Wand herum. Es machte Klick, der Stank wurde Licht, und ihr Wort ward Fleisch.

»Albertstraße heißt das, nichts sonst, klar?«

Ich war an diesem Abend nicht gerüstet für Widerworte, sodass ich den Meister Albert einen Albert sein ließ – was auch immer er verbrochen oder geschaffen, respektive nicht verbrochen oder nicht geschaffen haben möge, um derart berühmt zu werden, dass ein ganzer von Misch- und Halbwesen bevölkerter Straßenzug nach ihm benannt wurde – und folgte Nora einfach schweigsam durch jene erleuchtete Wandelhalle.

Als wir die zweite Etage erreichten, mischte sich in das ruinös Urinöse deutlich ein Ton von Alkoholika. So stark, dass ich glatt erwachte von diesem Dunst, der einer Tür entströmte, einer besonders schäbigen ihrer Art übrigens, die anstelle eines Klingelknopfs bloß ein kabelspuckendes Loch aufwies. Und an jener Schwelle, zu jenem Schwalle, kam zum bronzenen Gelb des Urins auch noch das das müde Braun des Kotes und zum müden Braun des Kotes das kranke Beige der Kotze und zum kranken Beige der Kotze das klumpige Rot des Blutes und zum klumpigen Rot des Blutes alles übrige farbig und menschlich Gerotz und Gesprotze!

Erst später sollte ich erfahren, dass jene Pforte zur Schändlichkeit ein sogenannter *Točka* war. Hier wurde Schwarzmarkt getrieben mit Schnaps, der zu Erblindung und Tod führen konnte und oft genug geführt hatte. Der Preis für *Krutka*, *Kandža* oder *Džibuga*, wie die Letten sagen, und also soviel wie Fusel bedeutete, war äußerst gering: 50 Santimes. Eine Busfahrt zum Friedhof.

»Komm weiter«, befahl mir Nora. Sie trabte höher, die Hacken ins Holz hämmernd. Und wahrlich, ein Stockwerk drüber schaute die Welt ganz anders aus ihrer nächtlichen Wäsche. Wie war ich froh, als Nora die Tür zu einer artigen, wenn auch ungeheizten Bürgerlichkeit aufschloss und Licht auf dicke Brocken Mobiliar klatschen ließ. Dunkles, klobiges Holz – gezimmert für Ewigkeiten. Wehrhaft wie eine Bastion, als habe man sich hier panzern wollen gegen die Unbill der großen Verelendung rings, in jener ach so gerühmten Albertstraße zu Riga, um 23.11 Uhr in der tiefen Winterlichkeit des Jahres 8 nach Sozialismus.

4

»Wir müssen frühstücken gehen. Hab leider nichts mehr im Haus.«

»Heute zahl ich, Schätzchen!«

Mein Grinsen war endlos.

»Nenn mich nicht Schätzchen, du Arsch!«

Man hörte Klappern von Email und Porzellan. Nora hatte einen übermäßigen Pyjama an und schlurfte wie ein müder Geist umher, die Hosenbeine Hausschuhe, die Ärmel Topflappen, mit denen sie die Kaffeekanne sicher zum Tisch beförderte.
»Komm schon, steh auf!«
»Ich hab seltsam geträumt, Nora!«, schnaufte ich aus den Daunen.
»Sag bloß?« Es folgte prosaisches Kaffeeplätschern, dann unbeeindrucktes Tassenscheppern.
»Wenn du die heilige Atmosphäre dieses Morgens auch nur fünf Minuten bestehen lassen könntest, Nora, wäre ich sogar bereit, dich daran teilhaben zu lassen.«
»Erzähl schon!«
Ich setzte mich auf wie ein Potentat.
»Gelacht wird nicht, klar?«
Sie legte ihre Hand ans Herz, der Ärmel hing schlaff herab, als sei ihr Handgelenk gebrochen.
»Also: Klare Nacht an einem See. Alles ruhig und friedvoll, gerade so wie das glatte, schwarze Wasser vor mir. Einzig im Hintergrund hört man leise eine feiernde Gesellschaft. Dünnes Glas, erheiterte Stimmen, Musik. Ich bin eine junge Frau, leicht bekleidet, nicht gerade anzüglich, aber gerade richtig für einen Sommerabend wie diesen. Ein Mann steht bei mir. Wir blicken hinaus auf den See. Die Nacht ist schwer und warm, der Kosmos liegt wie eine Lichterkette auf unseren Schultern. Eine lange Weile stehen wir so, bis er meine Hand nimmt und mir sein Gesicht zuwendet. Ich erschrecke, denn seine Augen erscheinen mir plötzlich wie zwei schwarze Felsen, die auf mich zurollen. Er sagt: ›Ich bin dir nachgegangen, durch Tage, mein Mädchen.‹ Dann nimmt er meinen Arm und führt mich hinaus auf den Bootssteg, wie ein weggebrochener Weg sieht der aus. Das Plaudern der Gesellschaft hinter uns sinkt ab im Dunkel. Unter unseren bloßen Füßen spüre ich jetzt bebendes Holz, die Rauheit der warmen Planken. Da schreit eine Planke auf, und ich breche ein. Meine Fußspitze berührt nur für einen Augenblick den Seespiegel – doch schon rast der Schreck in weiten Kreisen über das Wasser. Blut kullert nach, tropft hinab und verliert sich in der Stille des Wassers. Mein Bein schmerzt und ich sehe wie eine schwarze Spur über die Innenseite des Schenkels läuft. Da zieht er mich an sich, an seine Brust. Der Duft seiner Haut wie Pergament.

›Sind die Mädchen ausgegangen, die dein Leib einst beherbergte?‹, fragt er mich. Doch ich begreife nicht und will nur diesen schmerzvoll-schönen Moment. ›Jung ist, wer liebt‹, sage ich dann. Doch noch hängt mein verletztes Bein im Nichts, zuckt sacht unter dem Kitzel des rinnenden, trocknenden Bluts. Bis hinunter zwischen die Zehen läuft es, sodass sich ein warmes Bad bildet, in dem mein Fuß sich windet. Nun presst er mich an sich und seine Zunge stößt endlich in meinen Mund vor. ›Tiefer‹, sage ich, ›tiefer‹, bis meine Stimme erstickt wird von dem gierigen Fleisch. Dann dauert es lange, sehr lange, bis meine Zähne durch seine Zunge dringen, ich den abgetrennten Klumpen dick und satt im Munde fühlen kann und sein Blut endlich schmecke. Der Sturm eines großen Gefühls umbraust mich. Aus seinem Leib aber dringt nur ein hoher, ein heiserer Ton, wie das Kreischen einer Säge. Ein dürrer Ton um einen massigen Tanz. Er taumelt über den Steg, taumelt bis er zusammenbricht, wimmernd und gurgelnd. Ich sehe noch auf seinen Körper, der allmählich ausbebt und bald vom frostigen Licht des Mondes beschienen wird.«

Das Frühstück war fertig.

»Was hast du eigentlich mit seiner Zunge gemacht?«

»In den See gespuckt, glaube ich. Sie fiel wie ein Pinsel durch das Wasser und tuschte eine finstere Spur.«

»Ist es nicht sonderbar, dass du alles mit weiblichen Augen geträumt hast? Die Sache mit Ramona hat dich wohl tiefer getroffen, als du es zugibst.«

»Vielleicht, ich weiß nicht.«

Ich suchte nach meiner Unterhose.

»Ich glaube, es wäre schlimmer gewesen, wenn du und Malte …«

»Verdammt!«, zischte sie verärgert. »Verfluchtes Messer!«

Ihre Stimme floh schon Richtung Bad. Es war wohl an der Zeit sich zu erheben, und so ging ich zum Küchentisch, einem dickbeinigen Klotz, den man in Kirchen als Altar hätte aufstellen können. Eine rote Apfelschlangenhaut lag da, auf dem Teller einige blasse, sauber geachtelte Fruchtschnitze, dazwischen dekorative Blutstropfen. Einige waren in das helle Fleisch des Apfels gedrungen und beinahe verschwunden, nur einen matten Fleck hatten sie hinterlassen, als seien sie in Sand gesickert. Ohne dass ich lange darüber nachdachte, aß ich davon. Und als das Fleisch in meinem Mund aufbrach, dachte ich – halb heiligen, halb sündigen Gefühls –, es schmecke wie süßer Schnee.

Am Tage, bei Bleilicht, gingen wir gewöhnlich in der Stadt umher, die, wie mir Nora eröffnete, gänzlich von Packeis umschlossen war. Meterdicke Eismassen würgten Riga. Wie anderswo gab es hier Pulvertürme, Nationalopern und Straßenbahnen. Einzig die Busse, die wie übergroßes Spielzeug von zwei Stangen vorangeschubst wurden, geschubst von der aufblitzenden Kraft des Elektrons, das aus Oberleitungen spritzte, die wie ein allzu löchriges Artistentrapez die ganze Stadt überspannten, *das* sah ich zum ersten Mal. Sie nannten es Trolleybus.

Bald wurde mir schmerzlich bewusst, dass diese Stadt versank. Metertief waren die Fassaden der überschweren Kirchen schon in den sandig-sumpfigen Grund gesunken. Man hatte Gräben um den Dom ausgehoben, damit dieser überhaupt noch zu sehen war. Das massige Gemäuer litt so sehr unter dem Sog der Erde, dass es sich verbeulte. Saß man in ihrem Innern dann auf den lackierten Holzbänken – die mächtige Orgel türmte sich bedrohlich hinter einem auf –, dann konnte man sich kaum ein schauerlicheres Bild ausmalen, als hier in einer Klangwelle heilig-pompöser Musik atlantisch unterzugehen.

Die Abende verbrachte ich mit meinem Freund, dem schwarzen Sirup, der stets ein Trostwort übrig hatte, wenn die Seele jaulte. Er war mir der Liebste von allen geworden, predigte er doch stets von den Schönheiten des sommerlichen Landes, seinen Düften und seiner glashellen Weite. Ich lauschte ihm gerne, denn er war kein klebriger Allesversprecher, der einem morgens die abendlichen Erinnerungen verleidete. Auch kein breiter Auftrumpfer, dessen Essenz man nur tropfenweise verkösten durfte. Nein, er war ein schlichter Freund von echter Tiefe und aufrechter Bitterkeit, der stets vermochte, mir ein Lachen zu schenken. Er war es schließlich, der mich in dieser Stadt zu Bett brachte, wenn mein Geist schwerlötiger wurde, und ich leise zu dämmern begann im Halbuntergang dieses Halblichtlandes, in unserer Halbweltstraße, bei Nora, meiner Halbundhalb. Dann hörte ich nur noch ein leises Tacktacketack, Ticktacketick, Tickticketack und wusste nicht mehr: War's die sterbende Zeit? Noras tropfendes Blut? Das Aufplatzen der Elektronen draußen? Oder doch nur mein morsend Nachtgebiss?

5

»Ich muss es wissen, es quält mich schon so lange, Nora!«
Auf Knien scheuerte ich über das fahle Parkett ihrem Bett zu. Gaslicht sprang über das Fensterbrett ins Zimmer. So schön sah sie aus. Das Gesicht im Nest ihrer Haare wie ein nacktes Vögelchen. Zwei Augen wurden jetzt flügge.
»Sagst du's mir? Ich bitte dich darum.«
Wachheit brach aus ihrem Gesicht, sie blickte wüst auf mich herab, auf den, der da kniete wie zum Nachtgebet, ergebenst und nur halb bedeckten Leibs.
»Hast du mit Malte geschlafen oder nicht, Nora?«
Da setzte sie sich auf und ward groß und größer vor meiner Mickrigkeit. Die Decke glitt von ihren nachtscheuen Brüsten und blauen Leibs wuchs sie gegen die Zimmerdecke. Dann war sie aufgestanden.
Ein kleiner orangener Punkt kam aus dem Dunkel der Zimmerecke und warf sich aufs Bett. Nur das Einsaugen und Ausblasen von loderndem Tabak hörte man noch.
Ich setzte mich auf die Blankheit meines Hinterns und lehnte gegen das Bettgestell, starrte in die Ecke und lauschte ihrem schwadenrauchenden Balg. Kaltes Licht atmete ich ein, doch es schmeckte kaum nach Erlösung. Riga tat auch keinen Mucks mehr, war wohl längst erfroren. Nur das Krachen des Packeises in der Ferne. Das Meer brach sich die Knochen da draußen. Satt waren die Wolken vom Gebrüll der See. Und der Mond, der alte Spanner, sabberte immer sein schäumendes Licht dazwischen.
Ich sollte besser schlafen gehen, vielleicht zuvor noch meine Träume massakrieren, meine Erinnerungen tiefgefrieren und Riga ein elend langes Gebet sprechen. Ich wusste nicht genau. Ich ging in die Küche, nahm einen Apfel, zerlegte den langsam und aß. Ich versuchte mir in die Zunge zu beißen, sodass sich Blut hinzumischte. Lange kaute ich auf diesem Stück Abendsonne herum. Es müsste weit leuchten, wenn ich nur den Mund auftäte.
Ich hätte besser schlafen gehen sollen. Und doch zog ich los, ging, die kalte Stadt zu beerdigen mit Packeismusik und Blutmund. Die Haustür ließ ich offen, sperrangelweit, ein nackter

Rahmen, als ich endlich in den Ausgussstrudel des Treppenhauses sank.

Block um Block trieb an mir vorüber, die nächtliche Stadt wie in Teile zerlegt, die Straßen nur lange Furchen im Stein. Ich stromerte in eine armselige Gegend. Das Pflaster! ... und ab und zu schoss eine Karre durch mein Blickfeld, langsam und holpernd zwei Lichtkegel vor sich her schubsend. Ich havarierte auf den Überbleibseln einer Parkbank. Mein Kopf kippte in den Nacken. Durch das kahle Geäst pulsten die Gestirne. Bald formierte sich das Sternbild der Fische, und nahebei – die Glanzpunkte dieser Nacht – Saturn, Jupiter. Jenen nächtlichen Himmel sog ich ein, durch den Halm meiner Luftröhre. Nur: Was du siehst, Normund, sind Abgesänge, sterbende, gestorbene Welten. Was du bestaunst, existiert ewig nicht mehr. Dein hoffnungssuchender Blick ins All geht ins Vergangene. Zukunft ist nie da, niemals Normund.

Etwas maulte: »Fickifick?« Ein klebriger Duft mit Stimmbändern.

»Grüß Gott!«, erwiderte ich, was die Dame wohl missverstand, denn mit einem Mal massierte sie die wärmste Stelle meiner Hose und hörte nicht auf, bis sie einen meiner 20er in Händen hielt und ich ihrem Stöckelschritt folgte – Ausrufezeichen irgendeiner Hoffnung.

Dann ein Portal im Halbdunkel, Schlüsselklirren, Lichtüberblendung, eine kleine Familie am Küchentisch, russische Murmelrede, belaschibelaschi. Ein Nebenzimmer öffnet sich. Aus meiner Hose lugt ein Stück Fleisch, sie kaut es eine Weile, spuckt es aber wieder aus, als nichts geschieht. Sie stößt mich, ich falle in etwas durch und durch Weiches, stinkend, staubig. Doch in mir kein Widerstand mehr. Irgendwann geht das Licht aus, eine Hand kramt noch in meinen Hosen, kramt nach Geld, nicht mehr nach Gliedern. Feierabend. Das Balsammeer in mir glättet sich, Sonnenuntergang und stille Nacht. Nur selten das Koaxiallicht eines Autos durch den Schleier der sich aufwölbenden Gardinen. Etliche Konjunktionen, darunter vielleicht Saturn und Jupiter. Aber keine Jungfrauen, nichts Ätherisches, erst recht keine Könige. Das Morgenland fern ...

Lars Reyer
Gespenster
Gedichte

Gespenster

»Früher hieß das Aschekübel«, verbeultes Blech
& mit den Feuerresten aus dem Ofen
streute man, dass keiner auf den Gehweg
hinschlug, sich was brach (Oberschenkel-
hals, das rußgeschwärzte Herz), aus den Essen
kroch der Rauch
& jeder kratzte Eis-
blumen von den Fenstern, dichtete
die Rahmen ab mit Schaumstoffabfall
aus der Fabrik oder mit ausrangierten
Baumwollunterhosen.
Wenn bereits am späten
Nachmittag die Straßenlampen ansprangen, stieg
aus den Gullys (Metallbeschlag
auf Stein), der Dampf: ein Haufen
von Gespenstern; bis in die Nacht hinein
schrieen sich die Katzen an aus Säufer-
kehlen, zerbissen sich gegenseitig
die Schnauzen & lagen manchmal morgens
tot, mit noch gebleckten Zähnen.
      In milchweiße Plastiksäcke
gehüllt – zwischen Kartoffelschalen, Kaffeesatz
& Packpapier – warteten sie
auf den Müllmann, der nahm sie mit
in seinem schnaubenden Containerwagen, die verklumpten
Lungen, verbeultes Blech, früher
hieß das Aschekübel.

Über den Ahornwipfeln

                              kreischen die Schwalben,
wie Kleinkinder, denen man ihr Spielzeug
genommen hat, du hattest
eine Holzeisenbahn, die schlugst du dir
gegen die Stirn bis das Blut kam
& die Mutter mit dem Pflaster (Klebefix),
                              über den Wipfeln
    klafft nur der Himmel an einem Sommermittag
& das Geschrei der aufgeheizten Kleingarten-
anlage, durch die Wiesen (margeritenbestanden) wehen
die Klagen hin & her, du hattest
eine Holzeisenbahn, du hattest einen Ball
aus braunem Leder – so manche Scheibe
ging zu Bruch – & im Waschhaus der Heizkessel
roch immer nach feuchtem Span,
                nach Koks & ATA, es gab noch
die Zinkbadewanne, an jedem Wochenende,
wenn die Sonne brannte, scheuerte man dir
den Rücken, die Weichteile sauber.
                                  Die Schwalben
kreischen wie Kleinkinder, an die man
sich nicht mehr erinnert. Du hattest
        einen Ball, der Himmel
                        klaffte immer.

Vom Balkon

Der Holzklappstuhl, auf den sich keiner setzt, du
stützt die Ellenbogen auf den Vierkant-
stahl, daran sind Blumenkästen
                aufgespannt, Schnittlauch & Petersilie
(Dill ist eingegangen, Läuse). Der Ausblick

in den Hinterhof, wo junger
Ahorn, Stamm an Stamm, zum Licht
sich reckt, erst gegen Abend zieht
die Sonne rein & fächelt Schatten
                              durch das Blätterwerk.
Aus ringsum offnen Fenstern kommt
Musik, abgedämpft, so Gothic-Rock &
                Reinhard Mey, du pfeifst

der Katze hinterher, die täglich ihren Weg
am Lattenzaun entlang bestreitet, sie dreht sich
müde um, bleibt aus Gewohnheit stehen,
                ihr Halsband leuchtet
                            rot im schwarzen Fell. Nur ab & zu

die Sirene eines Rettungswagens
von der Straße her, die du
                            nicht einsehen kannst
(vielleicht ein Herz, das stillsteht, vielleicht
ein simpler Todesfall). Du hörst: im zweiten Stock
zwei Menschen unterhalten sich, die Stimmen
abgewetzt, was bist du denn, du
Weichgestänge, was hast du seelisch eingesetzt

Sommeridyll
nach Jürgen Becker

Hirschgeweihe, kann sein Zwölfender, samt Köpfen
in den Korridoren an die Wände gezimmert, die Blicke
so panisch, das finale Geräusch, der Büchsenknall
geht noch darin um. (Der Pfusch
an den Erinnerungen & immer misslingende
Bauchhöhlenoperationen) Vom Keller
bis hoch unters Dach lauert in jeder lichtlosen Ecke
ein Schatten & um die Biegung
des Gangs: der Mann mit der Axt. In der Stube dann
das Klavier, die Vitrine mit Proben von Stein & von Staub,
am Kachelofen hockt irgendwer & wärmt sich
den Rücken, die Teppiche schlucken das Licht. Eine Toten-
stille. Nur manchmal – von faltiger Hand
gespielt – »Schleifet des Messer« & der Kettenhund
jault vor dem Tor. (»... dass die Erinnerung nur von endlosen,
unbedrückten, verzauberten Sommertagen weiß.« Wie gesagt:
der Pfusch ...)
Nur dies noch:
In einer Kammer, hinter verriegelter Tür, ein altes
sieches Weib, das schreit unter Morphiummangel die Wände
wund.
Nachts der langgezogene Ton eines Murmelns
von Formeln und Sprüchen & die Träume
bleiben stockfinster. (Pfusch, chirurgischer faux pas.
Die Bilder wohnen im Bauch des Kindes.)

Alle Fünfe

Das Polizistenkind streift durch die Straßen und schreibt eine drogen-, eine nacht-, eine selbstsüchtige Prosa, Dichtung in seinen Notizblock. Es sieht die Welt lichtgetränkt, in ruhiger Tobsucht mit Vaters Augen, der die Bürgersteige auf und ab flanierte in geputzten Schaftstiefeln und grüner Uniform, der einkehrte »Zur Sonne« oder »Wiener Spitze« während der Dienstzeit, das eine und andere Bier sich in die Kehle goss, den Staub hinunterzuspülen.

Es rauschen die Parkanlagen, die stillgelegten Industriekomplexe, und unter der Schädeldecke der Plastiksprengstoff, die Prosa, die Dichtung. Auf nassem Asphalt steht das Polizistenkind, der Sohn von Arbeitern und Bauern und Genossen und Slawen und Kollaborateuren und Ausschussproduzenten und Säufern und Schlägern und Spielern, er steht im Schein der Neonreklame und will alle Fünfe gerade sein lassen, er hört die Welt mit Mutters gerade noch zehnjährigen Ohren, der Regen prasselt unaufhörlich hernieder, keiner wankt.

In die Mitte

Bei bestimmten Klingelzeichen – blechernen
Hustenanfällen – oder wenn der erinnerte
Klang einer Stimme Befehlstöne ausatmet
                          in dein Ohr, spürst du
den Brigadeleiter keimen in dir, der lässt die Klassen-
kameraden antreten
                    zum Abmarsch
                            auf den Appellhof, wo
die Fahne gehisst wird, der Maibaum auf-
gerichtet – Ein Pionier ist immer
hilfsbereit. In der Mitte

            des Treppenaufgangs, vor den Schau-
kästen (Kosmos, Planziel, Lernerfolge) trat dir einer,
mit dem Knie, in die Eier, kommentarlos
ging er weiter; noch heute

            zieht der Schmerz in deinen Bauch
hinein, wenn du auf langen Treppengängen
plötzlich aufgehalten wirst
                        von einem Nachbarn,
einem Zufall der Erinnerung. Selten
gehen die Schauer über deinen Rücken, geht
das Lachen über deine Lippen, wie
damals: Turnhallen-
                        luft, das mit Bohnerwachs
einbalsamierte Parkett, du zieltest beim Völker-
ball verbissen
                  auf die Weichteile deiner Gegner.

Du triffst Menschen

            beim Zigarettenholen oder
wenn du den Müll rausbringst, die heften
den Blick vor ihre Schritte. Alte

Frauen mit Einkaufsnetzen, sie tragen
Köpfe darin (Lollo Rosso & Eisberg) &
ein zwei Flaschen Bier, um am Abend
den verbliebenen Hunger zu stillen. Oder

die Männer vom Räumkommando, mit robusten
Gesten schleppen sie Gerümpel
aus einem Keller, sie verstehen sich
mit verhärteten Mienen, atemlos, mit
einem Raucherhusten. Im

Gemüseladen schaust du, wenn du
dein Geld auf den Tresen legst, den Händler
kaum an, du kennst sein Gesicht, die wässrigen
Augen, die Bartflechte, die gefurchte
Stirn
 (auch den Gesang der Registrierkasse)
& du weißt, die gelben Zahnreihen
blühen auch dir.

Den Bahndamm entlang: du kickst

                  eine leere Konservendose (Silberbüchse)
vor dir her, der Schotter knirscht
unter deinen Schritten; & das eingestaubte
Schwellengras – Ein Geruch

hängt in der Luft, Beifuß & Kamille,
im Dunst, der sich hier nie
ganz verliert; es schmettert,
in deinem Rücken, ein Zug sein Signal. Die Stadt
schwillt herauf, ein riesiger Schläfer.

            Kräne schweben
über dem ruhenden Leib, die Hälse
könnte ein Sturm umknicken, ein Trocken-
gebläse. Die hellwachen Presslufthämmer
beschäftigen sich mit Asphalt. Du kickst

ins Leere. Ein paar Schritte weiter
eine verlassene Baustelle, die Spaten
stecken im Sand, hüftsteife Beton-
mischmaschinen. In den aufgeschütteten
Hohlblocksteinen siedeln Wespen (glänzende
Schuppen), sie brummen & brummen, sie singen

im aufgrauenden Morgen
ihr narkotisierendes Lied.

Vor Zeiten

Am Grabstein der Ahnen (die Daten
von Grünspan beleckt), ein stimmloser Wind streicht
durch die Linden, um den Komposthaufen
springen die Spatzen & Blechgießkannen
lagern am einbetonierten Brunnen. Du hast
die Papiere in deiner Brusttasche, du hast
unterschrieben.
    Mit Schaufeln & Schubkarren
warten die Männer (Latzhosen, Schiebermützen, alles
ganz unecht) in beträchtlichem Abstand,
sie rauchen & sprechen unhörbar, feuchte Erde
an den Gummistiefeln – Du fährst
mit der Hand über den Stein (ist das Granit?).
    Die Adern,
die zersprungene Oberfläche, so
könnte es gewesen sein:

    Unter der Ofenbank
saß wohl die zerzauste Katze, im Maul
ihre Beute, eine Ratte (manchmal
ein Küken) zu Zeiten, da du noch nicht
geboren warst, & der Großvater,
bis 49 im sibirischen Eis, schlug
mit schon leicht arthritischer Hand
die alten Melodien an (Kling Glöckchen & Ein
Feste Burg) auf dem Klavier, das nach ihm
niemand mehr anrührte, Möbelstück,
auf dem die Römer, die Kerzenhalter
einstaubten.
    Die Gründung
der neuen Republik
hatte er knapp verpasst, doch
sang er noch im Kreise
der Familie.
    Seine 8 Kinder
zu züchtigen, diente ihm wie je
der Ochsenziemer (die schlierigen Rücken, rotes

Sitzfleisch), & wenn die Großmutter
   in Kittelschürze die gute, von Öl-
lichtern leuchtende Stube stürmte (Schweine-
stallgeruch umschwirrte sie), stieg ihm
der Russe in den Kopf – schwere
                                        Stiefel –
                                        & er hielt sich
an des Heilands blitzenden Blick (seit Generationen
Familienbesitz) & er schlug die Oktaven
gewaltiger an, die Adventskränze, die frischen
Margeriten
           zitterten.
                       (Dass licht ein Duft
                       von Rosmarin im Zimmer
                       hing; vor dem Fenster
                       Dunkel.)
                                   Zu Tisch – das feine
Porzellan, die Plauener Spitze, die Grünen
Klöße dampften in Schüsseln aus Meißen – saß man
mit gesenktem Kopf & faltete
die Hände & dankte dem Herrn & schwieg (nicht
dass ein Stern besonders strahlte).
                                       Die Nächte schienen
allesamt nur eine Nacht zu sein. Der am Bachufer
entlang gehende Wind (Sturm!: ein Gebrüll
wie von Maschinen; hohes, sich näherndes
Pfeifen), eine Raserei fuhr
in das Vieh, die Ochsen rissen an ihren Ketten
bis zur Erschöpfung, auch von Kadavern
konnte man zehren.

Du hast unterschrieben. Die Papiere
rascheln in deiner Brusttasche. Am Friedhofstor
das Kettenschloss, eingebacken in Rost, du stößt es
auf mit dem Fuß & Katzen brechen aus dem Unterholz, es
bricht
der morsche Sarg, du hörst die Männer
schwere Erde schaufeln, du blickst
                                        dich nicht mehr um.

Im Kopf steht dir nur noch ein Bild, glühend
eingehüllt in Zeit: wie der Großvater –
apathisch seit Jahren, in Selbstgespräche
versunken & mit einem Auge (von milchigem Film
überzogen), das zu Orten schweift, die
du nicht kennst – in einem Schub
plötzlicher Stärke aufspringt vom Sofa, die Polster
mit sich reißt & dich verfolgt um den Esstisch
im Wohnzimmer (in der Anbauwand
wippen die Sammeltassen) & er ruft
                mit tonloser Stimme »Was wollen
die Russen im Haus. Wir müssen
die Russen aus dem Haus schaffen.« Am Katheter-
schlauch zieht er den gelb gefüllten
                            Plastikbeutel nach.

        Du hörst die Spatzen schimpfen, die Linde
                      rauscht.

Warteschleife

Der gelbsüchtige Mond, schief
zwischen die Wolken gehängt, mit besoffenem
Blick. (»Ach,
                                 B-negativ, ganz klarer Fall,
Verbrecherblut«) Verschüttete
Worte schmeißen sich dir
an den Hals, die Klemmlampe
gießt dir Licht ins Gesicht & die Hand
wirft Schlagschatten auf das Papier.

        Du wartest, die Wände schauen dich an.

Insekten prasseln ans Fenster, ein Sandsturm
tausender winziger Leiber, dir kommt
ein Gesetz in den Kopf, das besagt,
dass alles egal ist. (»Genau wie der Vater,
nur Schnaps & Huren & leichte
Moneten – Da wird nichts mehr draus«) Verwildert
summt der Kühlschrank sein Lied, du
summst nicht mehr mit, es herrscht
nur noch Stille in dir.

        Du wartest.
                      Die Wände.
                                Du schaltest
das Licht aus (schwarz lackiert jetzt
dein Blick) & du horchst hinein
in die Nacht & du stellst
deinen Kopf ab & wartest

auf ein Klopfen von unter den Dielen.

Matthias Sachau
Schütze holt

Was gerade passiert ist, hätte nicht passieren dürfen. Aber eins nach dem anderen.

Jan wohnt in Oberbayern, in einer kleinen Stadt am Stadtrand. Da herrschen klare Verhältnisse. Hier ist Siedlung und da ist Maisfeld. Die Grenzlinie dazwischen ist ein gerader Strich auf dem Katasterplan. Nur an einer Stelle schreibt sie eine kleine rechteckige Ausbuchtung in den Acker hinein. Das ist der Bolzplatz.

Dort steht auf der Maisfeldseite ein großes Tor aus Aluminium. Gleich dahinter ragt ein Maschendrahtzaun acht Meter in den Himmel, damit zu hoch geschossene Fußbälle nicht im Maisfeld verschwinden. Auf der Siedlungsseite wäre ein zweites Tor gut gewesen, aber man wollte auch etwas für die Kleinen haben. Deswegen steht dort ein bunt lackiertes Klettergerüst. Aber auch das wird von den Großen benutzt. Zum Biertrinken und Küssen Üben. Deswegen klettern die Kleinen lieber auf den hohen Zaun hinter dem Tor.

Man muss klein sein, um auf den Zaun klettern zu können. Nur bis Schuhgröße 34 passen die Füße in die Maschen. Als Jans Füße noch gepasst haben, hat er manchmal einem der Fußballer die zum Spielen abgelegte Jacke geklaut und nach oben entführt. Wenn er am Ende des Zauns angekommen war, hat er gejodelt und dabei die Jacke in der Luft herumgeschwenkt. Die anderen Kleinen auf dem Zaun haben dazu Applaus geklatscht.

Als Jans Füße zu groß für den Zaun geworden waren, wollte er bei den Fußballern mitspielen. Zuerst durfte er nicht, weil man fand, dass er noch zu klein war. Er musste einige Zeit im Niemandsland zwischen Zaun und Spielfeld sitzen und wachsen. Jetzt darf er seit ein paar Wochen, aber er muss ins Tor. Der Kleinste geht ins Tor. Das ist Bolzplatz-Gewohnheitsrecht. Hier ist sein Platz, bis der nächste Kleine vom Zaun herunter kommt und ihn ablöst. Bis dahin muss er aufpassen, den Großen keinen Grund zur Beanstandung zu geben. Das ist nicht immer einfach.

Jans größtes Problem ist, dass er nicht bayerisch spricht. Außerdem kann er fast nie einen Ball halten, weil das Tor viel zu groß für ihn ist.

Als Ausgleich holt er alle verschossenen Bälle. Wenn einer den Ball am Zaun vorbei in das Maisfeld drischt, schreien die anderen: »Schütze holt!« Wenn dann Jan stattdessen losrennt, ist der Schütze froh, dass er verschnaufen kann. Manchmal bedankt er sich leise, wenn Jan mit dem Ball zurückkommt und die Anderen sagen zum Schützen: »Oh mei, du wennst den Kloana ned hättst.«

Manchmal darf Jan Feldspieler sein. Immer dann, wenn Toni kommt. Toni will Profi-Torwart werden und geht deswegen freiwillig ins Tor. Katsche, Rudi oder Hiasl schreien Jan dann zu, wen er decken muss und zu wem er den Ball passen soll. Katsche, Rudi und Hiasl wohnen in Jans Straße und fühlen sich für seine fußballerische Erziehung zuständig. Sie sind sehr gut. Wenn sie in einer Mannschaft zusammenspielen, gewinnen sie immer. Deswegen wird gewöhnlich darauf geachtet, dass sie in verschiedenen Mannschaften spielen.

Doch heute ist alles anders. Was gerade passiert ist, hätte nicht passieren dürfen. Es hat mit Urs, Wulf und Fritz zu tun.

Urs, Wulf und Fritz sind Jans ältere Cousins aus der Schweiz. Er mag sie nicht besonders. Vor allem Urs nicht. Urs ist nicht normal. Er redet nicht. Nicht nur, dass er nicht mitredet, wenn andere reden. Er sagt überhaupt nichts. Egal, was man ihn fragt, er starrt einen nur mit seinen kalten blauen Augen an und grinst.

Dabei kann Urs schon reden. Und es ist auch nicht so, dass er sich nicht für das interessiert, was die anderen sagen. Im Gegenteil. Er ist immer dabei, hört genau zu und speichert alles in seinem Kopf ab. Seine Lieblingsbeschäftigung ist es, Sachen auswendig zu lernen. Er weiß die Abfahrtszeiten aller Fernzüge in allen Bahnhöfen Europas. Die Onkel und Tanten verwenden ihn deswegen oft als Fahrplan.

Zugabfahrtszeiten sind überhaupt das einzige Thema, das Wörter aus Urs herauslocken kann. Wenn zum Beispiel großes Verwandtentreffen bei Jans Großeltern im Münsterland ist und am Ende eine der Tanten vor lauter Quasseln ihren Zug vergisst, tritt Urs an die Kaffeetafel und zischt: »Abfahrt Mainz sechzehn Uhr dreißig.« Die Verwandten sagen dann, er spräche wie ein

Roboter, aber die Wirkung seiner Stimme ist eher mit der eines ferngesteuerten chirurgischen Messers zu vergleichen.

Bei Verwandtentreffen wehrt Urs meistens auch noch andere Katastrophen als versäumte Züge ab. Er verhindert, dass Gläser vom Tisch fallen, gebrechliche Großtanten die Treppe hinunterstürzen oder Kinder vor Autos laufen. Dabei muss er nicht reden. Er taucht im entscheidenden Moment aus dem Nichts auf und greift an der richtigen Stelle zu. Wenn er eine Katastrophe verhindert hat, ergießt sich eine klebrige Flut von Lobpreisungen über ihn, die er ebenso ungerührt entgegennimmt wie alles andere, das an ihn gerichtet wird.

Ein anderer Grund, warum Jan Urs nicht leiden kann, ist, dass er stinkt. Er wäscht sich nicht und wechselt nie seine Kleider. Am übelsten stinken seine Füße. Er trägt dauernd die gleichen Turnschuhe und die gleichen braunen Socken. Jan versucht deswegen, Abstand von ihm zu halten. Manchmal geht das aber nicht. Bei den großen Verwandtentreffen müssen alle Jungen zusammen in Opas Schreibzimmer schlafen. Dann liegen Urs' abgelegte Socken und Schuhe herum und verpesten die Luft. In diesen Nächten träumt Jan sehr schlecht.

Es ist immer der gleiche Traum. Er steht in einem Zimmer voller altem Gerümpel. Das Zimmer hat zwei Türen. Durch eine der Türen tritt Urs ein und es fängt an zu stinken. Er kommt näher und starrt ihn dabei an. Jan flüchtet durch die andere Tür und kommt in ein neues Zimmer voller Gerümpel. Urs kommt wieder hinterher, starrt ihn an und verbreitet Gestank. Jan flüchtet weiter von Zimmer zu Zimmer. Manchmal muss er ein staubiges Sofa oder eine spinnwebenbehangene Kommode von der nächsten Tür wegrücken. Das kostet Zeit und Urs rückt immer dichter an ihn heran.

Am Ende stößt Jan auf einen Raum voller Feuer. Urs ist ihm dicht auf den Fersen. Jan findet keinen anderen Ausweg, springt in die Flammen und spürt, wie er anfängt zu verbrennen. Urs kommt hinterher und die Flammen fangen an zu stinken. Dann wacht Jan jedes Mal auf und schreit. Das weckt die anderen und sie wollen wissen, warum er schreit. Er will aber nicht erzählen, dass er von Urs geträumt hat und erfindet schnell einen anderen Traum. Er könnte inzwischen ein kleines Buch mit selbsterfundenen Träumen herausgeben.

Einmal hat es im Jungenschlafzimmer so schlimm gestunken,

dass Jan nicht einschlafen konnte. Die Luft stand und ihm war, als läge er in Raclette-Käse. Weil er glaubte, dass Urs eingeschlafen war, nahm er dessen Turnschuhe samt Socken und wollte sie in einen Schrank stecken. Aber im gleichen Moment kam Urs' Hand aus dem Dunkeln und packte seinen Arm. Jan hätte schwören können, dass Urs' blaue Augen in diesem Moment leuchteten und blitzten. Sein Griff war so hart, dass die Stelle, an der er ihn gepackt hatte, noch drei Tage lang weh tat.

Jan ist sicher, dass Urs über geheime Kräfte verfügt, die keiner kennt. Seine Brüder Wulf und Fritz scheinen von ihm gesteuert zu werden. Man kann aber nicht erkennen, über welches Medium Urs mit ihnen kommuniziert. Wulf und Fritz sind nach außen nicht ganz so krass wie Urs. Wulf stinkt weniger und spricht manchmal. Fritz stinkt fast gar nicht und redet fast normal viel. Fritz könnte man schon zu anderen Leuten mitnehmen, aber er ist immer mit Urs und Wulf zusammen.

Urs, Wulf und Fritz sind heute mit ihren Eltern zu Besuch nach Oberbayern gekommen. Immer wenn ein Auto mit Verwandtenbesuch eintrifft, gibt es eine lange Begrüßung vor dem Hauseingang. Es ist jedes Mal schrecklich laut und sehr langweilig. Jan und seine Cousins stehen etwas abseits und warten, jeder für sich, darauf, dass endlich ins Haus gegangen wird. Ausgerechnet jetzt kommt Katsche. Er will von Jan wissen, wer die da sind.

Meine Cousins. Aus der Schweiz.

Spuin de Fuassboi?

Nein!

Fußball ist nicht einfach. Das muss man üben. Und Schweizer sind nie gut im Fußball. Bei der letzten Weltmeisterschaft waren sie deswegen auch nicht qualifiziert. Außerdem stinkt Urs und redet nicht. Das alles droht auf Jan zurückzufallen.

Aber es ist zu spät. Fritz hat Katsche gehört und gesagt, dass sie doch Fußball spielen. Er braucht nur ein Wort zu sagen und man hört, dass er Schweizer ist. Katsche geht kurz weg und kommt mit Rudi und Hiasl zurück. Mit Fußball und Turnhosen. Jans Mutter sagt: »Spielt mal schön! Ihr langweilt euch doch eh mit uns.« Sie weiß nichts. Jans Kopf wird heiß. Er versucht so langsam wie möglich zu gehen, aber sie kommen trotzdem auf dem Bolzplatz an. Das hätte nicht passieren dürfen.

Urs, Wulf und Fritz wollen zusammenspielen. Katsche, Rudi

und Hiasl sind einverstanden. Heute geht Jan gerne ins Tor. Vielleicht ist so noch etwas zu retten. Wenn Katsche, Rudi und Hiasl zusammenspielen, werden die Cousins wahrscheinlich zehn zu null geschlagen. Vielleicht gehen sie dann weg. Jan wird dann noch etwas länger bleiben und Katsche, Rudi und Hiasl werden erkennen, dass er nichts mit denen zu tun hat, außer ein bisschen Verwandtschaft.

Wie ein Fußballspiel auf dem Bolzplatz beginnt, ist nicht festgelegt. Es gibt keinen Schiedsrichter, der anpfeift. Es muss irgendwie anfangen. Wie, das muss jedes Mal neu erfunden werden. Katsche hält den Ball lange mit den Füßen hoch. Das kann er sehr gut. Dann lässt er ihn zu Fritz rollen. Das macht er immer, wenn er glaubt, dass die andere Mannschaft schlechter ist. Fritz kickt den Ball weiter zu Urs, weil er will, dass er entscheidet, wie es weitergeht. Urs stellt den Fuß auf den Ball und wartet.

Das darf er eigentlich nicht machen. Das macht man nur, wenn man ein Großer ist, der mit lauter Kleinen spielt. Katsche, Rudi und Hiasl grinsen. Das ist nicht gut. Urs hält weiter den Fuß auf dem Ball und wartet. Hiasl schlappt aufgesetzt gelangweilt auf ihn zu und wird dabei immer langsamer. Dann tritt er plötzlich nach dem Ball. Wenn man den Fuß auf den Ball gestellt hat und jemand tritt einem den Ball unter dem Fuß weg, ist das peinlich.

Aber Hiasl hat ins Leere getreten. Urs ist schneller gewesen und hat ihm den Ball dann sogar noch zwischen den Beinen durchgespielt. Mit diesem Moment hat das Spiel begonnen. Urs spielt zu Wulf, Wulf zu Fritz, Fritz zu Urs. Sie könnten auf Jans Tor schießen, aber sie tun es nicht. Sie beschränken sich darauf, sich den Ball zuzuspielen. Urs, Wulf, Fritz, Urs, Wulf, Fritz, Urs, Wulf, Fritz. Als ob sie genau diese Reihenfolge einhalten müssten. Katsche, Rudi und Hiasl kommen nicht an den Ball, egal was sie versuchen. Nach ein paar Minuten versucht Rudi dem Zauber ein Ende zu setzten und foult Fritz. Fritz taumelt und der Ball rollt zu Katsche. Katsche erkennt seine Chance und rennt mit dem Ball so schnell er kann Richtung Tor. Urs steht ihm im Weg. Katsche täuscht links an und rennt rechts vorbei. Das kann er sehr gut. Aber der Ball bleibt trotzdem zwischen Urs' Füßen liegen, wie ein Hund der zu seinem Herrchen zurückkommt. Die Cousins spielen weiter Urs-Wulf-Fritz. Es sieht aus, als führe der Ball auf unsichtbaren Schienen einen präzise berechneten Zickzackkurs zwischen Bahnhöfen, die immer genau dann auftauchen, wenn er ankommt.

Katsche, Rudi und Hiasl werden sauer. Sie sagen, dass Urs, Wulf und Fritz gescheit spielen und Tore schießen sollen. Urs sagt, wie immer, nichts. Er lässt sich den Ball zuspielen, umkurvt Katsche und Rudi, kommt auf Jan zu und will seine Torschuss-Pflicht erfüllen. Katsche schreit »Torwart rauslaufen!« und Jan läuft Urs entgegen. Mit offenen Handflächen, die Arme im Dreißig-Grad-Winkel von Körper abgespreizt, so wie er es gelernt hat. Aber Urs schießt nicht. Er schiebt den Ball zur Seite. Dort steht Wulf und lässt den Ball im Zeitlupentempo ins Tor kullern.

Jan ist nicht schuld. Mehr als mit offenen Handflächen herauslaufen, kann ein Torwart nicht, wenn ein Spieler allein auf ihn zukommt. Das wissen Katsche, Rudi und Hiasl. Urs, Wulf und Fritz schießen jetzt lauter Tore, bei denen der Ball ins Tor kullert. Katsche, Rudi und Hiasl sind wütend und schreien sich gegenseitig an. Das ist peinlich, wenn der Gegner lauter Kullertore schießen kann.

Michi, Thomas und Rainer sind gekommen. Katsche will neue Mannschaften machen und Urs, Wulf und Fritz verteilen, weil sie zu gut sind. Fritz sagt aber, dass sie zusammenbleiben wollen. Sie wollen gegen Katsche, Rudi, Hiasl, Michi, Thomas und Rainer spielen. Sechs gegen drei. Michi, Thomas und Rainer schauen komisch, aber Katsche sagt ja.

Die zahlenmäßige Überlegenheit der anderen wirkt. Der Ball wird oft aus den Schienen gestoßen und Bahnhöfe kommen nicht mehr pünktlich. Wenn die Schweizer am Ball sind, versuchen sie weiter, Kullertore zu schießen, aber es sind zu viele Beine dazwischen. Der anderen Mannschaft gelingt allerdings auch kein Tor. Sie kämpfen, schwitzend, verbissen, aber umsonst.

Normalerweise weiß man es schon kurz vorher. Der Ball zischt leise und wird größer. Man sieht ihn, aber er ist zu schnell. Danach fühlt es sich an, als hätte man kein Gesicht mehr und es piept im Kopf. Während die anderen sich über einen beugen, versucht man ruhig zu atmen und es riecht nach Gras und Erde. Wenn der Schmerz einsetzt und man sein Gesicht wieder fühlt, weiß man, dass alles in Ordnung ist, steht auf und spielt weiter. Aber auch das ist heute anders.

Jans Mutter ist schuld. Sie war gekommen und hatte zum Essen gerufen. Keiner hatte damit gerechnet, dass Urs noch einmal richtig schießt, weil er es bis dahin nur mit Kullertoren versucht hatte. Aber als der Essensruf kam, legte er sich den Ball schnell vor und zog ab, wohl in der Absicht einen würdigen Schlusspunkt für das Spiel zu setzen. So fest hatte noch nie jemand auf Jans Tor geschossen. Urs war zwar weit weg gewesen, aber der Ball war sofort da. Er zischte nicht, sondern pfiff wie eine Gewehrkugel. Er wäre ins rechte Eck gegangen, aber Michis Schulter war im Weg und hat ihn abgelenkt.

Jan liegt im Staub und hat kein Gesicht mehr. Nase, Mund, Augen, Stirn, Wangen, Kinn, alles ist weg. Es piept. Aber es riecht nicht nach Gras und Erde. Es stinkt. Er hat keine Nase mehr, aber es stinkt. Urs' Füße. Überall. Er robbt ein paar Zentimeter vorwärts und stößt gegen Beine. Er kriecht um die Beine herum und robbt weiter. Es ist sinnlos. Etwas hat sich von Turnschuh zu Ball zu nicht mehr vorhandenem Gesicht übertragen. Er kann es nicht mehr abschütteln. Der Gestank dringt durch seinen Kopf in seinen Körper und breitet sich aus. Er wird eins mit ihm. Irgendwo blitzen blaue Augen. Jetzt ist es passiert. Urs hat ihn. Jan schreit. Von außen dringt leises Bayerisch in den Gestank und erstirbt.

Stefan Schein

Brechen Sie Borschtsch?
oder Die Abenteuer des Kommissars Bruno Bulletti
(Textauszug)

Dienstag, 23. Juni 2003
morgens

Kommissar Bruno Bulletti kniff die Augen zusammen. Die Sonne war schon zum Dienst erschienen. Grelles Licht konnte er morgens schlecht vertragen. Überhaupt ziemlich nervend, dieses Universum. So ein unbewohnter Quatsch. Leicht gereizt sprang er in den zitronengelben Mercedes und steckte den Schlüssel ins Zündschloss. Berlin präsentierte sich mehlig bis festkochend. Die ganze Stadt roch nach Bratkartoffeln. Hunde leckten sich die Schnauze. Kleine Herren betraten Lotteriegeschäfte. Doppelstockbusse quälten sich um die Kurven. Es gab nun wirklich eine Menge Häuser. Currywurstbuden. Manchmal ein türkischer Friseur oder ein Modelleisenbahnfachgeschäft. Bulletti betrachtete an den Ampeln die anderen Fahrer hinter den Lenkrädern. Tiefgekühlte Gesichter hinter Glas, die ihr Verfallsdatum längst überschritten hatten. Er zückte den Dienstrevolver und ließ ihn um den Zeigefinger kreisen.

2

Bullettis Büro lag im 17. Stock des Polizeipräsidiums.
  Cognacfarbener Ledersessel. Eichenschreibtisch, Parkettfußboden, Telefon, Fax, TV. Im Vorzimmer tippte die attraktive Sekretärin Maria Brussig auf dem Computer.
  »Morjn, Frau Brussig.«
  »Guten Morgen, Chef«, sagte sie, strich sich eine Haarsträhne aus der Stirn, nestelte an ihrer Bluse, schlug ein Bein über das andere und schob sich eine enorme, offenbar genmanipulierte Banane zwischen die Lippen. Ein leises Schmatzen erklang. Was für eine wunderbare Frau, dachte Bulletti bei diesem Anblick. Plötzlich machte er ein leidendes Gesicht, beugte sich nach vorn.

»Ooopsss.«

»Was ist denn los, Chef? Hexenschuss?«

»Nein, nein, nur ein kleiner Orgasmus, nichts weiter. Seit ich von meiner Frau getrennt lebe, wissen sie, passiert das manchmal.«

»Chef, ein kleiner Orgasmus im Vorzimmer, was ist schon dabei?«

»Nett von Ihnen. Es wäre schön, wenn meine Ejakulation unter uns bleibt. Jetzt muss ich aber sehen, dass ich ins Büro komme. Bis später dann.«

»Ja, bis später. Soll ich Telefon durchstellen?«

»Bitte. Aber vorerst keinen Besuch.«

3

Kommissar Bulletti saß allein in seinem Büro. Unten erstreckte sich die Großstadt. Der Fernsehturm piekte in den blauen Himmel. Berlin – schillernde Metropole des internationalen Verbrechens. Tausende Ganoven hatten hier ihren Arbeitsplatz.

Bulletti ließ die Jalousie herunter, goss sich einen Cognac ein und machte das Radio an. Der Billardsender übertrug eine Partie Pool. Leise klackten die Kugeln gegeneinander. Der Moderator flüsterte Kommentare. Es wirkte beruhigend. Er hörte eine Weile zu. Seufzend nahm er an seinem Schreibtisch Platz und starrte auf den langsam rotierenden Ventilator.

Das Telefon klingelte. Barbara? Bulletti ging ran.

»Hallo?«

»Ja, Chef, ich bin's. Dr. Sonderborg möchte Sie sprechen. Sofort.«

»Alles klar. Ich komme.«

Bulletti rückte die Krawatte zurecht und noch andere Dinge, die bei dem Malheur im Vorzimmer in Unordnung geraten waren. Dann eilte er den Gang herunter und sprang in den Fahrstuhl.

4

»Ah, Bulletti, schön, dass Sie gleich gekommen sind! Nehmen sie Platz.«

Der Kommissar ließ sich in den weichen Sessel fallen. Dr. Sonderborg zeichnete Akten ab. Schließlich klappte er den Leitz-Ordner zu.

»Cognac? Zigarre?«

»Ja. Ja.«

»Bulletti, worum es geht. Das Monster hat sich wieder gezeigt, letzte Nacht.«

»Das Monster?«

»Na, Sie wissen doch, dieser Psychopath, der seit Wochen sein Unwesen treibt.«

»Ach, Sie meinen diese Blutbestie von Brandenburg? Diesen fiesen, miesen Ripper? Diesen grünen Waldgänger und asthmatischen Todessänger?«

»Genau. Diesen rünstigen Rappler, schwülstigen Meuchler und röchelnden Dolcher.«

»Ja, es war wieder der Mister Grauenhaft.«

»Na toll. Was war es dieses Mal?«

»Diesmal hat es einen Wildpark erwischt. Es muss furchtbar sein. Drei Rehe und zwei Ziegen mussten dran glauben. Die restlichen Tiere sind verstört. Sogar die Wölfe schleichen mit angelegten Ohren durchs Gehege. Das Schlimmste aber heute Vormittag. In einem Ausflugslokal, in der Nähe des Parks. Ein Berliner Student der Betriebswirtschaftslehre. Von ihm ist nichts übrig geblieben. Nur Milchkaffee, Hornbrille und ein Paar Gesundheits-Sandaletten. Na, darauf erst mal einen Schluck, was.«

Sie tranken und pafften nachdenklich an den Zigarren herum.

»Die Tiere tun mir Leid«, seufzte Bulletti.

»Die Tiere? Und der junge Mann?«

»Nun, das ist ja halb so wild. Zwei Dinge gibt es ja nun wirklich genug.«

»Welche da wären?«

»Fußgänger und Studenten.«

»Sie sind mein bester Mann, Bulletti. Die Spurensicherung ist da draußen und ich möchte, dass Sie gleich hinfahren. Die Presse macht mir schon die Hölle heiß. In zwanzig Minuten werde ich ein Gespräch mit dem Innenminister führen. Es besteht die Gefahr einer Panik unter der Bevölkerung. Wir brauchen Ermittlungsergebnisse. Und zwar sofort!«

»Verstehe«, murmelte Bulletti.

Sonderborg vertiefte sich wieder in seine Akten.

»Ich verlass mich auf Sie, Bulletti«, brummte er.

5

In den letzten zwei Jahren hatte es kaum eine Woche gegeben, in der sich Bulletti nicht mit seiner Frau Barbara gestritten hätte. Schließlich war sie zu einer Freundin gezogen, um eine »Pause« in ihrer Beziehung einzulegen. Der Tropfen, der das Fass überlaufen ließ, war übrigens ein IKEA-Besuch gewesen.

Bulletti kam von einem anstrengenden Einsatz erst morgens nach Hause und wurde von Barbara informiert, dass sie einen Ikea-Einkauf in Berlin-Waltersdorf geplant habe. Es sollte sofort losgehen.

»Ich würde gerne erst mal frühstücken, einen Kaffee trinken.«

»Frühstücken kannst du im IKEA-Restaurant. Ist mir sowieso lieber, wenn du nicht hinter mir her dackelst und dein Sauerbiergesicht machst, Bruno!«

IKEA, das blaugelbe Einrichtungshaus mit dem freundlich-familiären Image hatte schon oft für Zündstoff gesorgt, in ihrer Beziehung. Barbara liebte es, dort stundenlang Shopping zu machen und in dem überfüllten Restaurant zu essen. Bulletti kam sich bei IKEA wie in einem riesigen Puppenhaus vor. Er fürchtete sich in den künstlichen Zimmern und verlief sich in den Labyrinthen der Einrichtungsstudios. Sie rochen nach staubtrockenem Holz und Klebstoff, die Beleuchtung war grell und überall stritten sich gereizte Paare. Alles dauerte lange. Im Restaurant warteten endlose Schlangen und an der Kasse dauerte es eine kleine Ewigkeit, bis man an der Reihe war.

Bulletti hatte an diesem Morgen reagiert wie ein Igel. Er rollte sich zusammen, fuhr die Stacheln aus und zog ein frostiges Gesicht.

»Barbara, geht das nicht auch ein anderes Mal?«

»Nein Bruno. Wir haben es oft genug verschoben. Wenn wir heute nicht fahren, lasse ich mich scheiden.«

Das sagte Barbara oft in letzter Zeit. Dann lasse ich mich scheiden. Anfangs hatte er es für einen Scherz gehalten. Doch es dämmerte ihm inzwischen, dass sie es ernst meinte.

Als Barbara duschte, beging er Sabotageakte. Er verstellte die Uhren, drehte das Wasser ab, versteckte die Autoschlüssel in der Blumenvase. Mit Hautcreme malte er ein großes Fragezeichen auf den Flurspiegel. Dann ging er in sein Zimmer, stöpselte seine alte E-Gitarre in den Verstärker und klimperte darauf herum.

»It is a House in Waltersdorf/
da steht IKEA dran/
blau wie der Himmel und eiergelb/
the House of Swedish Sun«

Barbara donnerte mit den Fäusten an die Tür.

»Barbara, ich hasse es. Die vielen Leute dort! Wir brauchen nichts«, brüllte Bulletti.

»Wir brauchen nichts? Seit Jahren fehlt uns eine Flurlampe. Gardinen, Tassen, Besteck, ein Schuhregal und und und.«

Bulletti schrummelte noch drei Akkorde und stellte die Gitarre an ihren Platz zurück. House of the Rising Sun. Das war mal sein Lieblingslied, als er ein junger Hecht gewesen war. Vor zehn, zwanzig, dreißig Jahren? Wie lange das wirklich her war, wollte er gar nicht wissen.

Plötzlich krachte es, Holz splitterte, Metallsplinte brachen, rohe Kräfte walteten. Barbara hatte die Tür eingetreten. Sie konnte wirklich temperamentvoll werden.

»Manchmal könnte ich dich wirklich!«

»Was denn? Sag es ruhig!«

»Ich könnte dich manchmal …«

»Nur zu!«

»Verlassen!«

»Wegen einer Flurlampe?«

»Weil du so stur bist, Bruno!«

»Sieh mich nicht an wie eine kalbende Kuh«, murmelte der Kommissar.

»Ich? Eine Kuh? Und du? Na gut. Mir reichts. Auf Wiedersehen«, sagte sie.

Bulletti streute mit feuchten Augen Futter ins Aquarium. Die Goldfische sahen ihn fragend an.

»Was glotzt ihr denn so?«, brüllte er.

Dann wienerte er das Vertiko mit dunkler Möbelpolitur. Ein

Erbstück von seiner Großmutter. Dabei räusperte er sich mehrmals, tupfte sich theatralisch mit einem Taschentuch die schwimmenden Augen.

»Barbara, bitte, warum soll ich in dieses blöde IKEA fahren? Warum? Weil du glaubst, neue Kaffeetassen haben zu müssen? Hast du denn nicht alle Tassen im Schrank? Hier, bitteschön!« Bulletti riss die Küchenschränke auf.

»Tassen. Tassen. Tassen.«

Barbara riss einen Teller aus dem Schrank und schleuderte ihn wie eine Frisbee-Scheibe in seine Richtung. Bulletti duckte sich sportlich. Der Teller segelte haarscharf über seinem Kopf aus dem Fenster, über die Straße und in ein offenes Küchenfenster des Hauses gegenüber. Ein kräftiges Krachen erklang.

Barbara lachte in höchsten Tönen. Bulletti wurde dunkelrot im Gesicht. Schweiß brach ihm aus und spritzte rhythmisch in die Stube. Barbara schaffte es in letzter Zeit immer wieder. Offensichtlich liebte sie ihn nicht mehr. Das war ihm schon in der letzten Woche durch den Kopf gegangen, als sie versucht hatte, ihn mit einem Sofakissen umzubringen.

Nach einem Streit pflegten sie miteinander zu schlafen. Sie tranken ein Glas Sekt und zogen sich in die Umkleidekabinen zurück. Wenig später fanden sie sich im Schlafzimmer ein.

»Nun vögeln wir uns ins Universum, okay?«, sagte Bulletti zaghaft und immer noch ein wenig verstimmt.

Barbara nickte zögernd. Das Liebesspiel setzte ein. Zunächst schmierten sie sich mit Massageöl ein, bis sie glänzten wie Schmalzstullen im Wüstensand. Anschließend streiften sie Einweg-Handschuhe über und setzten Sturzhelme auf. Sicher war sicher. Er wölbte sich über sie und posierte eine Zeitlang, zog seinen Bauch ein und wackelte mit allen Muskeln. Schließlich schlug er eine Art Pfauenrad. Ihre Erotik war eher altmodischer Natur, so wie man sie heutzutage nur noch in einigen Flecken des Allgäus und in der Steiermark ausübte.

»Wie gehts dir?«, erkundigte sich Bulletti.

»Mein lieber Herr Gesangsverein«, stöhnte seine Frau, schloss die Augen und summte gepresst das Lied:

»Sometime it's hard to be a woman.«

Bulletti beschleunigte, trat die Kupplung und schaltete in den höchsten Gang. Sein Unterkörper rotierte wie das Pleuel einer rasenden Dampflokomotive. Kurz darauf spürte er, dass er in die Zielgerade einbog. Er löste die Handbremse und rief: »Alarm!«

Barbara stülpte sich die Schutzbrille über die Augen, zog die Gummistiefel an und öffnete den Regenschirm. Bulletti trompetete vor Erregung wie ein zorniges Mammut. Die Rakete sauste feuerrot in den Sternenhimmel, der Korken knallte aus der Flasche und ließ den Champagner sprudeln.

Der Kommissar wälzte sich zur Seite. Barbara lächelte wie ein geschmolzenes Himbeereis. Diese Versöhnungen hatten es in sich. Eine Stunde später saßen sie im Wagen. Sie fuhren zu IKEA.

Bulletti irrte ziellos durch die Gänge. Hochbetten, Flachbetten, Matratzen, Kinderbetten, Tische, Stühle. Er öffnete eine Schranktür. Sie fiel ihm entgegen. Er versuchte, eine Schublade herauszuziehen. Sie klemmte.

Dann ging er ins Restaurant und stellte sich in die Warteschlange. Nach zwei Stunden war er dran.

»Einmal Kotterböller«, nuschelte er und erhielt einen Teller mit Hackfleischbällchen, Kartoffeln und Preiselbeeren. Dazu nahm er sich ein Bier und eine Taschenflasche Cognac.

Nachdem er gegessen hatte, trank er den Schnaps, rauchte und starrte Löcher in die Luft. Er ging nach vorn und holte sich noch ein Bier und noch einen Cognac. Nach einer halben Stunde dasselbe noch einmal. Dann machte er sich auf die Suche nach Barbara. Er suchte erst oben alles ab. Dann fuhr er mit der Rolltreppe nach unten, zu den zehntausend kleinen Dingen. Er schwitzte. Barbara war nicht da. Kerzenständer, Kunststoffblumen, Teelichter, Korkuntersetzer, Teppiche, Glühbirnen. Er fuhr wieder nach oben, ins Restaurant. Holte sich ein Bier und einen Cognac. Rauchte eine. Plötzlich stand Barbara vor ihm. Gesicht sauer wie tausend Zitronen.

»Ich hab doch gesagt, du sollst unten am Fahrstuhl warten.«

»Dabisssuja!«, rief der Kommissar.

»Ischhabüberallnachdischnachdirgesucht!«

Barbara schwieg. Bulletti schnappte seine Zigaretten, kippte den Rest Bier herunter und watschelte hinter ihr her.

»Ich wollte dich fragen, wie du einen bestimmten Küchenrollenhalter findest, aber du bist ja vollkommen besoffen!«, zischte sie.

Bulletti schwankte durch die Stuhlausstellung. Plötzlich steuerte er auf einen Verkäufer zu.

»Na, du alter Schwede, wir machen jetzt mal den Elchtest mit dir. Was ist original Schwedisch?
A: ABBA
B: Bornholm oder
C: Cnäckebrot?«

»Verzeihen Sie mein Herr, ich habe zu tun!«

»Bruno, um Gottes willen, komm jetzt.«

Bulletti klappte den Deckel eines Klosetts hoch und knöpfte seine Hose auf. »Wisst Ihr, was Ihr mich mal könnt, mit Eurem Super-IKEA? Pass mal auf, du Smörrebröd, ich schmier dir eine!« Bulletti pinkelte in das Dekorations-WC, zog sich wieder an und gab dem Verkäufer eine Ohrfeige.

»Entschuldigung«, sagte der Möbelmann in Richtung Barbara und landete einen Aufwärtshaken unter Bullettis Bartstoppeln. Der taumelte rückwärts, stolperte und fiel butterweich in ein großes, blau bespanntes Himmelbett. Dort schlief er sofort ein.

Als er mit dem Taxi vorfuhr, stürzte Barbara mit zwei großen Koffern aus der Tür. Bulletti stieg aus, Barbara stieg ein. Sie würdigte ihn keines Blickes, nannte dem Fahrer eine Adresse und fuhr davon.

Bulletti sah dem Mercedes betrübt hinterher. Diesmal hatte er es wirklich versiebt.

Christian Schloyer
pluie
Gedichte

pluie /*pour la petite m^{lle}*

spieluhren dreh'n mich
   im flug · hafen moskau, wind
      beschneit · ihre rauchige stimme über meiner

nase: flamenco, ihre augen flamenco, ich darf ihren nacken
   erraten · was ihre hände malen: im gewitterschlag
     der tauben · wolken, ein straßenjunge putzt sich
       die zähne · den splitter in meiner schulter spür ich

den sektkelch, den käsegeruch, parfüm für mein wundgelegenes
   warten · ihre hände, ihr zögern auf einem

geschlossenen brief, ein kindheits-
   spiel · uhren, ein knäbisches zucken in ihrem weit

gefächerten blick & schneller dreh'n
sich moskau, flamenco, spieluhr +

   ein alter fotoapparat · spult
mich bild für bild zum anfang zurück

wasserglas

in hellem tuch, im flügelzimmer
schnarrt das herz, die wiesenralle

getüncht bis an die decke:
   zwielicht · eines dunkel

weißen sommers
   weit · draußen *du*

schlägst meinen blick ans kreuz
   des schmalen fensters · archimedischer

punkt
daher der sturm in mir

daher der sturm
in mir, archimedischer

   punkt · ans kreuz des schmalen
fensters schlägt *meinen blick weit draußen*

   du · *weißen sommers eines dunkel*
zwielicht, getüncht

   bis an die decke · schnarrt
das herz

die wiesenralle
in hellem tuch, im flügelzimmer

ges-dur /*für Gabriele*

kaum rührt der klang deiner hand
   das geländer · *es tönt*
     über tanzendem wasser · steigen die vögel

aus ihrer bindung im grün; dein aug
schlug noch jedem kristall einen flügel – ich strecke

die hand
   um in arme zu stolpern · fall ich

von schlafenden brücken; das nennst du
schief moll

   & dann improvisierst du · brennenden honig
+ salz in mein ohr

threnodie für die gattung meerjungfrau

hätte ich nicht diesen zweifel
haften wunsch mich jedes mal zu bedanken
zu bekreuzigen, vor dem herzzerreißenden klagen

eines spülkastens etwa, dessen verkalkte zu
flussarterie mich an mein wunderlich pneumatisches
sein erinnert, an das wesen mir zugedachter

kreisläufe: die angehörigen einer familie frei
schwimmender borstenwürmer durch
kämmen mit ihren bartfäden die fluss

läufe, um sich nach zigtausend
kilometern entbehrungsreichster
wanderschaft von den meeren zurück

in die kinderstube ihrer laichgewässer
zu zwängen, wo sie ängstlich + endlich
am ziel den atem anhalten,

dass kein unachtsames
betätigen der spül
taste

den schmerzhaften interruptus + großes weh
klagen auslöst – während die nächste generation
nereiden jammernd nachströmt.

WÄRE ES WENIGSTENS DIE SPARTASTE GEWESEN

kontroverse mit dem sonnenuntergang /*für Fränk*

manchmal schiebe ich wochen
lang einen konzert
flügel durch die moonshine
summer-stadt – auch

nachts lässt sich kopf
schütteln ernten: seelchen
krämer versuchen nach dämmerung

zu blühen & strecken
+ schaukeln eifrig
die köpfchen

o, be a fine girl, kiss me!

von einem ohr zum anderen zuckt hintersinn
   im ticken der pulsare · trägst du

planeten aus bruch
sicherem bernstein; in jedem

bin ich eingeatmet
+ eingeschlossen: spiralnebel

mikroben pflegst du
mit fieber zu beatmen

diabolo

trag du mal lieber etwas vernünftiges
in deinem köcher
z.b. so etwas wie einen giftigen säugling

lass die katzen aus dem sack
alle! ja, auch die kleinen mit dem schluckauf!
& pfeilschnell in die oper
mit dem u-boot durch die pegnitz

du gehörst halt zu den frühaufstehern: die mit dem wurm
   an der angel · zu bett gehen

& den pegelstand mit dem thermometer messen
   auf dem dachboden · hinter dem fiebrigen rücken

deiner tante vögelst du am besten & hältst
am zebrastreifen *bevor*
du jemandem den storch über

brätst – du bist nämlich fein
   rippchen · adams · erste · sahne

meretekel

    dein zischelndes haar · goldmeduse, dein haar
    bis zum arsch · dynamit

das ist kein sanfter sphären
    sex · an einem sonntag; *dein dreifruchtigkeits*
      reich komme · unser faltiges frucht
        fleisch · trägst du alltäglich
          wie heute · dein nachtwächter

lächeln auf
    rouge · wenn ich die lider schließe

spielst du
    wie sonnen in glasfronten · quillt wolken
      glühen · von fenstern + mauern herab, musen

kussverschleiert, ein wellenschlag voll ikarus'
    feenmärchen · fülle mich aus, wenn du kannst
    nostalgie · das weltinterieur in silben + lauten

gleicht einer rotte knallbunter raben, ein platzregen
    über mir · *korah, korah!*

wer verscherbelt das tafelsilben-
+ gummigefieder

prometheus – a blow job

fern
östliche zeichen
aufgehender sonnen: die spuren des
geiers, sein rumpf
verleibt sich das lenden
stück himmel ein
die fähigkeit, den hals
zu drehen (um 180°)
beweist
das zweite gesicht

hängst dich an himmels schwärenden
bauch
wie ein griechischer götter
knabe im seiten
profil mit deinem flehenden
auge

bei braunroter
hitze beginnst du zu
rinnseln, schlierst, formierst
+ legst dich
als kruste an fels

ungemach

aus der haut, das geht am besten so: ich will
mich an einen tiergarten

verhökern & in eine mördergrube verlieben & einen haken
schlagen. *ins außen, damit es bleibt*

in plastikdosen eingeschweißt
in schaurig farbige seifenblasen

blutarmut – *ist eine reaktion.* da will ich gar nicht mehr nach
haken

dass nur sein kann
was zugeschrieben wird!

wie gedruckt liegt's in meinen augen – stempelkissen
jede nachforschung ergibt einen satteren ton

klaustrophil-aprinarkosen

flugüberschnappte cherubinen lieben ihre haut
   erbauten himmel · hand
     entschlossen · legen sie

ihre schmalen köpfchen zur seite, die wind
benommenen; klamm

schwärzliche wächter lichtüberbrühter
   seligkeiten · in rosa bonbonieren
     unterliege ich dem reptilienblick · dann

        verfalle ich · dem formalin + den sukkuben
süßlich zubereitet *in einweckgläsern*

imago

die jahreszeiten wechseln nun
   täglich · mit den liebschaften
     im kopf · steigt stetig der

druck: ich bin wie die
plötzlich hereinziehende winterlandschaft

unüberhörbares atemgeräusch
   wenn sich die stigmen schließen · zieht der tausendfüßler

weiter – ich werde
   beobachtet · von den menschen
     anhäufungen · verschieben sich

durch den reisetrakt: halb +
   halb verdaut · will ich nichts als verpuppung

über den himmel reden wir nicht

meere sind teilbar
sie gaukeln emaillierte endlosigkeit vor –
   hörst du? die land

werdung des wassers
das fern so blau noch tut
   vor deinen füßen · springt die pampe auf &

     erstarrt · im gewirr der dürren ölzweige:
das treibgut taube; muscheln + schlangen indes

lassen die hüllen: reste
für mensch + rabe

jetzt weißt auch du: *die fetten
zeiten sind vorbei*, kein platz an der sonne & bismarck

   geht · an bord der arche-
noah

deutschland, verwildre!

stecht tiefer die spaten
ihr einen nehmt laubgebläse hinzu, hecken- + hausmeister
scheren mit 2-takt-motoren, ihr andern
spielt weiter zum tanz auf + spachtelt + bohrt
deckt neu eure
dächer, schneidet die nägel, die finger
so kurz wie den rasen, noch kürzer
die hecken, das haar
reißt euch aus + die straßen
einzeln

Albrecht Selge
I'm Oh So Solitude
(Ich und mein Bandwurm/Eskimo/Der Unfreundlichmacher)

1. Ich und mein Bandwurm

Jeden Morgen um 7 wenn Ali Baba Lamm Chicken Rindfleisch die neuen in Folien verschweißten dicken Fleischklötze reinbringt sitze ich schon im Happy Grillo wo der dicke Mehmet gleich die dicken Fleischklötze aus den Folien holen und auf die Spieße stecken wird und trinke mein erstes Bier des Tages. Ich bin immer Frühaufsteher gewesen und bestelle schon das zweite wenn der dicke Mehmet die Klötze aufgespießt hat am linken Grill das Happy Lamm am rechten Grill das Happy Chicken. Hinter dicken Brillenglasgläsern aus denen ich vielleicht unhappy blicken würde wenn mein Blick nicht leer und meine Brillengläser blinde Fenster wären blicke ich auf das sich leerende Glas und bestelle beim dicken Happy Mehmet das dritte Bier wenn das zweite getrunken ist und wenn auch das dritte getrunken ist dann nochmal das zweite und dann nochmal das Ganze von vorn und später auch Korn zum Bier dazu.

Der ist tot, denken die Leute die draußen auf der Straße am Happy Grillo vorbeigehen und wenn sie vorbei sind sagen sie zueinander: Da drin sitzt ein toter Mensch. Aber ich bin nicht tot, ich habe noch Leben in mir.

Wenn man morgens um 7 nicht bei der Schicht ist wie ich schließlich früher war weil es die ganze Schicht nicht mehr gibt dann trinkt man halt morgens um 7 sein erstes Bier des Tages. Gut genug sehen täte ich auch nicht mehr um zur Schicht zu gehen aber wer weiß wenn ich noch zur Schicht gehen täte wie ich dann sähe.

Mein Stammgast der morgens, sagt Mehmet vielleicht abends zuhause zu seiner dicken Mehmetine, schon sein erstes Bier trinkt wenn Ali Baba die dicken Lamm Chicken Rindfleischklötze in Folien verschweißt hereinträgt und sein zweites bestellt wenn ich die Klötze auf die Spieße stecke links Lamm rechts Chicken ist ein toter Mann. Aber ich bin kein toter Mann. Denn ich habe noch Leben in mir.

Denn in mir ist ein Bandwurm.
Der Bandwurm ist seit meiner frühsten Jugend in mir drin.
Sprich nicht solche Bandwurmsätze, sagte meine Mutter und meine Lehrerin sagte auch, sprich nicht solche Bandwurmsätze.
Mein Bandwurm ist ein guter Mensch denn er tut seinem Wirt nichts zu Leide. Er haftet einfach mit dem Kopfteil an meiner inneren Hauptwirtsdarmwand und lässt sich die Sonne auf den Bauch scheinen. Er belegt mich den Hauptwirt nicht über denn seine Eier die in einzelnen je über ein vollständiges zwittriges Geschlechtssystem verfügenden Gliedern liegen gehen in selbigen Gliedern mit dem Hauptwirtskot ins Happy-Grillo-Klo ab. Sie sind so süß die kleinen Bandwürmchen. Aber um eine Überbelegung des Hauptwirts zu vermeiden müssen sie schon auf je eigenen Beinen stehen und sich via Zwischenwirt einen je eigenen Hauptwirt suchen.
Ich empfehle jedem einen eigenen Bandwurm zu behauptwirten.
Bandwürmer haben es schwer heutzutage weil die Hauptwirte kein rohes Fleisch mehr essen oder gleich vegetarisch und immer alles waschen putzen abkochen. Aber wenn ein Bandwurm überleben will führt der Weg nur durch das Rind in den Hauptwirtsdarm.
Wenn ich liege dereinst happy im kühlen Grabe und werde Asche zu Asche Staub zu Staub dann löst mein Bandwurm sein Kopfteil von meiner verfallenden Darmwand und geht ins Erdreich bis ein Zwischenwirtrind ihn aufliest mit dem Gras und über Ali Babas Fleischklotz einem neuen Hauptwirt neues Leben einhaucht.

2. Eskimo

Unter mir drunter wohnt ein Eskimo. Korrekt müsste es wohl Inuit heißen so wie nicht Neger sondern Schwarzer Brauner oder allgemein Farbiger je nach Präferenz und Farbton aber ich kann mir nicht alles merken was man sagen darf und was nicht also sag ich statt Inuit und statt Rohfleischfresser und statt Der-im-Iglu-haust: Eskimo. Der unter mir drunter haust auch nicht im Iglu sondern wohnt in der Wohnung unter mir drunter.
Er ist eine verstreute mongolide Lokalgruppe die aus einer Per-

son besteht und in einer größeren Siedlung lebt und die hiesige Sprache nicht beherrscht. Eine hiesige Frau brachte ihn einst aus Grönland mit und ließ ihn dann allein. Seitdem lebt er hier. Er jagt Robben und fängt Fische im Landwehrkanal.

Einmal ist er mit Kajak und Tranlampe in den Keller des Hauses hinabgefahren weil die Heizung nicht ging. Er traf dort im dunkeln Keller den alten Mann aus dem Erdgeschoss der in seiner alten Uniform hinabmarschiert war um die Heizung heilzumachen. Der Alte hatte erst Angst vor dem mongoliden Rohfleischfressergesicht dort unten im Dunkeln aber der Eskimo hört ihm wenigstens zu denn der Alte erzählt gern die ollen Kamellen von der WaffenEssEss die keiner hören will hier im Haus.

Der Eskimo ist ein guter Zuhörer denn es gibt kein Tempussystem in Eskimoisch. Das heißt aber nicht sie haben keine Vergangenheit. Sie haben auch nicht keine Zukunft. Und sie haben erst recht nicht keine Gegenwart. Sie haben vielmehr nicht was nicht sondern bei ihnen ist alles gleichzeitig zusammen. Deshalb dominiert des Deiktische oder so, wie der Sprachwissenschaftler sagt, also das meine ich was man sieht. Wenn einer freundlich ist und nicht vorzeitig einen Juden erschossen haben kann weil er es wegen dem fehlenden Tempussystem immer nur gleichzeitig machen kann, wenn also einer gleichzeitig freundlich ist und einen Juden erschießt dann dominiert das Deiktische und das ist in dem Fall das Freundliche denn dass er einen Juden erschießt sieht man nicht und der alte Mann würde das auch nie so direkt sagen und selbst wenn er es sagen würde dann nicht in Eskimoisch denn er kann nur Deutsch aber das kann der Eskimo nicht.

Der alte Mann weiß das auch so ungefähr denn er hat weil ihm nie einer zugehört hat irgendwann im Seniorenstudium Philosophie belegt und seitdem sagt er, Ich bin ja nur in nen annern Diskurs hineinborn worn damas un wer von Natur aus nich so der Gegendenstromschwimma is der hält brav den jeseinigen Diskurs un steuert nich einfach so direttemang auf Gegendiskurs. Später kam ja der Achundsechzadiskurs da wurde vieles anners gemach aber nix besser und war nur man nen Glück dass da keine Juden mehr zur Verfügung gestann sinn un drum isses glimmflich abgegang und die Beteilichten müssn sich nich ganz so doll versteckn wie die vom Dreiundreißadiskurs die ja zudem oft genug ohnehin tot sind seit dem Fünfunvierzadiskurs.

Man muss auch keine Angst haben vor dem Eskimo trotz Kajak und Tranlampe und Anorak ums mongolide Rohfleischfressergesicht denn er hat selbst Angst wenn der Wind in den Baumwipfeln pfeift und die Bäume die er in Grönland nie gesehen hat wackeln und gleich umstürzen.

Seit der Eskimo unter mir drunter wohnt küssen ich und mein Mädchen uns nicht mehr mit den Mündern und Zungen sondern nur noch mit den Nasen. Man nennt das den Eskimokuss.

Seit der Eskimo unter mir drunter wohnt haben ich und mein Mädchen keinen Geschlechtsverkehr mehr sondern nur noch Eskimosex das heißt ich darf nur noch mit der Nase an den Kitzler. Man sagt ja auch, Wie die Nase des Mannes so sein Johannes, darum ist es auch egal wenn nur die Nase an den Kitzler rangeht sie trifft auch besser das Ziel. Neuerdings ist aber meine Nasenspitze meinem Mädchen zu kalt. Darum haben wir jetzt nur mehr weder Eskimoküsse noch Eskimosex sondern nur mehr gar nichts.

Seit der Eskimo unter mir drunter wohnt ist es nie mehr richtig Sommer geworden und nie mehr richtig Tag.

Seit dem liege ich mit meinem Mädchen unter der Bettdecke und wir versuchen dass die Fußspitzen nicht rausgucken damit sie nicht frieren und dass die Fußspitzen auch nicht die Fußspitzen des Andern berühren weil die eigenen immer die kälteren sind. Mein Mädchen hat in 7 Jahren keinen Orgasmus gehabt obwohl wir 70 Orgasmusbücher gelesen haben aber mein Mädchen kann sich immer noch nicht entspannen im Beisein eines fremden Mannes der ihm beiwohnt. In Eskimoisch gibt es 7 Wörter für Schnee bei uns nur 1 dafür haben wir 7 mal 70 Wörter für Sex aber haben haben wir keines mehr. Die Eskimos haben nur 1 oder sogar gar keins denn sie sind ein sehr konservatives Volk aber dafür hat jeder Eskimo 1 bis sogar 7 mal 70 Kinder und die werden nicht aus Schnee gemacht und nicht aus Eskimoküssen.

Es ist kalt und dunkel im Haus aber das liegt nicht am Wetter aber das liegt auch nicht an der kaputten Heizung im Keller die zu reparieren einst der Eskimo mit Kajak und Tranlampe hinabgefahren und einst der alte Mann in seiner alten Uniform hinabmarschiert sind aber das liegt schon aller gar nicht am Eskimo der unter mir drunter wohnt. Der ist ein freundlicher Mensch und wird höchstens eines dunkeln Tages mit den Gasrohren im Keller das Haus in die Luft sprengen aus Versehen oder weil es ihn auf Dauer ärgert als Lokalgruppe in einer größeren Siedlung zu leben und die Sprache nicht zu beherrschen. Dann fliegt er in die Luft und mit ihm ich und sie und der alte Mann und alle anderen im Haus.

Aber bis dahin bin ich selber die Eismaschine die alles kalt macht.

I'm oh so solitude
Baby I'm an ice-machine

3. Der Unfreundlichmacher

Irgendwie macht er dass egal wer ihn trifft unfreundlich wird. Nur wie?

Wenn er sagt, Was die Bratwürste gibt es auch nicht aber das war doch alles inner Wurfsendung aufgeführt Menschenskinder is das ein Saftladen hier, dann ist es kein Wunder dass er die Frau an der Fleischtheke unfreundlich macht. Obwohl Edeka ja wirklich ein Saftladen ist.

Aber auch wenn er nicht sowas sagt macht er alle Menschen unfreundlich. Vielleicht weil er so einen dicken Bauch hat oder schütteres Haar?

Nur die Italiener macht er nicht unfreundlich. Das ist deshalb weil die Italiener immer zu allen Menschen freundlich sind. Aber er trifft so gut wie nie einen Italiener.

Nikolai Vogel
Geld Scheiße
(Textauszug)

LESEN SIE VOR DEM VERWENDEN DES TEXTES DIESE VEREINBARUNG SORGFÄLTIG DURCH. NIKOLAI VOGEL ERTEILT IHNEN DIE LIZENZ FÜR DIESEN TEXT NUR, WENN SIE DIE BEDINGUNGEN DIESER VEREINBARUNG AKZEPTIERT HABEN. DURCH DIE VERWENDUNG DES TEXTES ERKLÄREN SIE SICH MIT DIESEN BEDINGUNGEN EINVERSTANDEN. WENN SIE MIT DEN BEDINGUNGEN IN DIESER VEREINBARUNG NICHT EINVERSTANDEN SIND, GEBEN SIE DEN NICHT VERWENDETEN TEXT UMGEHEND AN NIKOLAI VOGEL BZW. DEN NIKOLAI VOGEL WIEDERVERKÄUFER, VON DEM SIE DEN TEXT ERWORBEN HABEN, ZURÜCK. SIE ERHALTEN DEN EVTL. BEREITS BEZAHLTEN BETRAG NICHT ZURÜCK.

Unter »Text« sind im Sinne dieser Vereinbarung der Originaltext und alle vollständigen oder teilweisen Kopien hiervon zu verstehen. Ein Text besteht aus lesbaren Anweisungen, seinen Komponenten, Daten, akustischem/optischem Inhalt (z.B. Zeichen) und zugehörigem lizenziertem Material.

Gewährleistung

VORBEHALTLICH EINER GESETZLICHEN GEWÄHRLEISTUNG, DIE NICHT AUSGESCHLOSSEN WERDEN KANN, GIBT NIKOLAI VOGEL FÜR DIESEN TEXT KEINE GEWÄHRLEISTUNG. NIKOLAI VOGEL GEWÄHRLEISTET NICHT, DASS DER TEXT WIRKLICHKEITEN DES 20. UND 21. JAHRHUNDERTS RICHTIG VERARBEITET, AUSGIBT ODER EMPFÄNGT.

Wenn ein Text ohne Spezifikationen geliefert wird, übernimmt NIKOLAI VOGEL nur die Gewährleistung, dass es sich wirklich um einen Text handelt und dass der Text entsprechend der Schul- und Allgemeinbildung verwendet werden kann.

Im keimenden Licht die ersten grünen Baumblätter. Ein Balkon am Freitag. Damen, von ihren Handys ausgeführt. Pizza Benetton Marie Claire Nokia Camel Virgin Hasseröder die Straße rauf die Straße runter. Was sagt er zu ihr. Wer hört sie sprechen. Nur der Wind atmet. Atmet ein atmet aus. Die Musik aus den Lautsprechern in den Frühling. Mehr Werbung. Ohne wird es langweilig. Mehr Talk. Mehr Show. Mehr Fun. Mehr Meer. Tiefe Blicke in Gefrierkühltruhen. Sie atmen auch. Nordseemüll liegt darin. Auch nackte Hühner. Brechbohnen. Wo ist der Supermarkt-Roman? Warum steckt die Milch in blauen Kartons? Oder grünen. Die wohl aufregendsten Farbversammlungen. Farben und Formen. Die Regalreihen als Kunstgenuss. Rolltreppen sind sogar Hunden selbstverständlich. Und wie lange gibt es noch Straßenbahnen? Wann U-Bahnen, die sich ihren Weg während der Fahrt graben. Auch das Flugzeug ist längst eine Langweiligkeit der modernen Welt. Bedeutender der Computerabsturz. Die Fahrgäste lesen in Börsenzeitungen, ob Geld mehr oder weniger wird. Das Geld wird mehr oder weniger. Manche Leute sterben. Viele sind deshalb in der Kirche. Die sonstige Unsicherheit, wohin mal mit der eigenen Leiche, wäre unerträglich. Ordnung auch für das Ende der Zeit. Wann werden Friedhöfe AGs? Wann Cafés? Wann die Universitäten? Und Romane? Frauengesichter lachen im Licht. Das Licht kommt aus dem Bildschirm. Und auf der Straße messen sie sich damit. Lachen das Rot ihrer Lippenstiftwerbung und duften nur am Hals. Die Sexualgerüche brachial überdeckt, wie um Vampire zu locken. Mode, Moder, Moderne. Fällt Ihnen auf, nur Wörter. Kann man das lesen? Diese Binsenweisheit. Diese Schmalspurbeobachtung. Warum nicht lieber eine gescheite Liebesgeschichte? Oder einen Mord zu Beginn. Etwas, wo man gut hineinkommt. Was man kennt. So wenn man in die Buchhandlung geht und sagt, man möchte einen Krimi. Das versteht sich dann unter Aufklärung. Leser sind schlauer als Mörder. Was gibt es sonst zu erzählen. Und warum 40-Stunden-Wochen. Wären sie kürzer, könnte mehr ferngesehen werden. Und wann soll man einkaufen. Lasst uns auf alle Bücher die Gesichter von Schauspielern drucken.

Die Zeitungskästen stehen herum, als planten sie eine Invasion. Immer in Ansammlungen, nie alleine. Wie die jungen Männer in südlichen Regionen. Schlagzeilen-Maschinen. Schlagzeilen, die beim Vorbeigehen in die Fresse hauen.

Ich habe ein neues Putzmittel gekauft. Gegen den Kalk, der immer robuster zu werden scheint.

Der Tag zeigt einen hohen Himmel. Der Raum wirkt ungewöhnlich weit und offen. Ich bin einer von mehreren Milliarden. Ich atme und nehme wahr. Ich gehe auf die Brücke über den Fluss. Das Wasser wirkt kalt und einsam. Ich sehe meinen Atem, der zum Himmel steigt. Das Wasser unter mir ist auf seinem langen Weg. Ich fühle mich leicht einsam, aber mir ist warm. Wärme durchzogen von einer fröstelnden Müdigkeit. Autos fahren an mir vorbei. Ich sehe nach unten, auf die Grasnarbe am Ufer des Flusses. Schütter und von einem verblassenden Grün stehen die Halme voller Zerbrechlichkeit. Ich will glücklich sein im Vergehen. Ich steige das Treppenhaus nach oben. Läute in Vorfreude und sie öffnet mir die Türe. Wärme, leise Musik und ein Geruch von frischem grünem Tee. Ich hänge den Mantel an die kleine Garderobe, streife die Schuhe ab, trete zu ihr in die Küche, umarme sie von hinten und gebe einen Kuss in ihren Nacken. Ich spüre die Zeit, der Himmel leuchtet in das Zimmer und die sichtbare Kälte, die mit dem warmen Tee in meinem Mund harmoniert, versetzt mich in einen angenehmen, leicht kribbelnden, erregten Zustand. Sie kocht noch mal Wasser auf. Ich sitze am Küchentisch und merke wie mein Schwanz sich aufzurichten beginnt. Sie will hinaus und wir gehen zurück zum Fluss, steigen hinunter zum Ufer und gehen dicht am Wasser entlang flussaufwärts. Schnee in der Luft, aber noch fällt er nicht. Alles erwartet ihn und alles ist dadurch von einer subtilen Fragilität. Die Atemfahne steigt aus ihrer Nase in den Raum. Ich sehe nur einen Teil ihres Gesichts, der Mund ist vom Schal bedeckt, die Mütze bis über die Augenbrauen gezogen. Ich nehme sie ihr weg, renne voraus. Sie lacht, springt mir hinterher. Ihr langes in Wellen flatterndes Haar. Ich werfe die Mütze hoch in die Luft. Sie fängt sie auf und zieht sie mir über den Kopf, lacht, als ich sie nicht mehr sehen kann. Geruch von Wolle. –

Werfe eine Münze. Kopf oder Zahl? Das eine oder das andere? Lasse deine Entscheidung vom Fall des Geldes bestimmen. Oder noch besser von den Kosten. Von den Gewinnerwartungen. Von den Chancen und Risiken. Von den Vorhersagen der Kurswahrsager. Wirf eine Münze. Lege sie auf den Zeigefinger und schnippe sie mit dem Daumen kräftig nach oben in die Luft. Schau zu, wie sie sich dreht und herumwirbelt, wie sie am höchsten Punkt für einen Moment innehält und stehen bleibt, wie sie wieder herabsinkt und beschleunigt. Wie sie am Boden aufschlägt, abspringt, sich noch mal dreht, weiter schlittert, vibriert, liegt. Wie sie deine Entscheidung getroffen hat. Lasse sie nicht liegen. Stecke sie wieder ein. Du brauchst sie noch. Weitere Entscheidungen liegen in der Luft.

Fast wie abgesetztes Geld, sieht sie aus, die beste Welt.

Ich will mich nicht vereinnahmen lassen.

Je mehr ich über das Geld nachdenke, desto mehr holt es mich ein.

Als Kind legt man sich mit dem Rücken in den Schnee und wedelt mit Armen und Beinen, macht Engel. Vielleicht sollte man sich auch als Erwachsener öfter in den Schnee legen, mit den Armen wedeln, mit den Beinen wedeln. Das befreit. Das macht glücklich.

Selbst das Geld geht in Verwesung über. Vergißmeinich! Wie ist dieße Welt so schön.

Vergiss mein nicht. Denk an mich. Drücke mir die Daumen. Steh mir bei. Verlass mich nicht. Bleib bei mir. Drück mich. Spende mir Trost. Flöße mir Mut ein. Sag, dass ich schön bin.

Das Vokabular des Geldes, Wortschatz Teil IV
anhauen, betteln, bitten, borgen, jammern, leihen, pumpen
Bankrott, Elend, Hunger, Hypothek, Insolvenz, Konkurs, Kontoüberziehung, Kuckuck, Minus, Mise, Offenbarungseid, Pleite, rote Zahlen, Ruin, Schulden, Schuldverschreibung, Schwarzer Freitag, Verpfändung, Verschuldung, Verzugszins, Zahlungsunfähigkeit

Meine Brust hebt sich, meine Brust senkt sich. Die Brust atmet ein, die Brust atmet aus.
Wir hängen an den Dingen, aber die Dinge hängen nicht an uns.
Auf dem Herzen das Symbol des Turnschuhs der Siegesgöttin.
Auf dem Herzen ein Krokodil.
Der Wind treibt die abfallenden weißen Blütenblätter über den Tisch.
Auf dem Herzen den Hasen.
Auf dem Bauch eine Serviette.
Auf der Brust eine Nummer.
Auf der Brust Miststück.
Aus dem Handy der Ritt der Walküren.
Aus dem Handy die Fünfte.
Aus dem Handy eine kleine Nachtmusik.
Aus dem Handy Ob-La-Di, Ob-La-Da.
Aus dem Handy die Bierwerbung.
Auf der Brust einen weißen Streifen.
Die Brille steckt im Ausschnitt.
Auf der Straße steht das Dixiklo.
Die Taube sammelt Brösel und interessiert sich nicht für andere Neuigkeiten.

Ohne Geld hört die Gemütlichkeit auf.

ACHTUNG! BEI STARKEM WINDAUFKOMMEN DIESES BUCH SOFORT SCHLIESSEN!

 schließen

Ihr Bauchnabel hängt im Raum wie ein Mantra.

In Gedanken höre ich eine Platte von Aphex Twin.

Alles ist vollgepackt mit Schriftzeichen verschiedener Farbigkeit.

Die sonnengebleichten Politikergesichter hängen im Regen.

Über der Brücke hält der Reiter aus dem vorletzten Jahrhundert noch immer Wache.

Der Bus biegt um die Kurve und entfaltet seine Ziehharmonika.

Sie streicht sich über den Hals, fasst sich in die Haare und zögert einen Moment.

Das Baby liegt da und staunt, dass es alle begaffen. Seine Haare schauen aus wie die eines greisen Priesters. Seine Bäckchen haben die puttene Fleischlichkeit der Kirchenbemalungen. Sein Blick ist offen für das Wunder. Alles ist neu. Die Welt entsteht. Es ist die Schöpfung.

Ich trinke roten Wein. Ich trinke weißen Wein. Ich trinke Wasser.

Die Münze ist von Kratzern überzogen.

Die Sprühsahne steht aufgereiht im Supermarktregal.

Immer wieder wächst der Schreibtisch zu.

Ich gehe in die Stadt und sie wächst mir ins Hirn. Die Kaufhäuser wachsen mir ins Hirn, die Straßen wachsen mir ins Hirn, die Einkaufstaschen wachsen mir ins Hirn, die Plakate, die Schaufenster, die Häuserfronten, die an mir vorbeigehen, wachsen mir ins Hirn. Alles wächst. Alles wächst mir ins Hirn. Alles, alles wächst. Alles wächst aus meinem Hirn.

Blüten, Blüten, Blüten

Ich esse einen Schokoriegel. Ich esse Sojamehl. Ich esse Magermilchpulver. Ich esse Armoniumcarbonat. Ich esse E 102, E 120, E 132 und E 150c.

Ich trinke eine Buttermilch mit Fruchtgeschmack. Bitte vor Genuss schütteln. Ich esse ein Stück Kuchen und sprühe Sahne darauf.

Ich gehe. Ich stehe. Ich setze mich hin. Ich lege mich nieder.

Wir nehmen Geld ein. Wir geben Geld aus. Wir tragen Geld auf die Bank. Wir heben Geld von der Bank ab. Wir kaufen Aktien. Wir kaufen Optionen. Wir beobachten Kurse.

Ich gehe nun immer öfter hinaus und sehe mir den Müll an. Müll auf der Straße. Müll auf der Wiese. Das Liegengebliebene unter den Brücken. Wie eine Sehnsucht.

Die Wirtschaft muss wachsen und weiter wachsen. Jahr um Jahr. Jedes Jahr. Erwachsen wird sie nie. Damit sie gesund bleibt, muss sie immerfort wachsen. Ärzte nennen das Krebs. Krebs, oder das Monströse. Längst ist sie hineingewachsen in all unsere Köpfe. Hineingewachsen und festgewachsen und angewachsen und festgesaugt und implementiert. In der Wirtschaft da trinke ich ein Bier und noch ein Bier und noch ein Bier, bis ich einen sitzen hab und nicht mehr stehen kann und nicht mehr denken kann. In die Wirtschaft da investiere ich mein Geld und meine Zeit und mein Leben, bis ich einen sitzen hab und nicht mehr stehen kann und nicht mehr denken kann. Täglich? Ja täglich! Jeden Tag! Woche für Woche. Monat für Monat. Jahr um Jahr. Ein Jahrzehnt nach dem anderen. Und dann sterbe ich. Und hinterlasse einen Sohn, dem ich es beigebracht habe, so zu leben wie ich. Mühsam beigebracht. All die Erfahrung. All die Mühe. Damit es nicht alles umsonst war. Wäre doch schade. Alles umsonst. Jammerschade. Wofür hat man denn dann gelebt? *Das Geld ist platt, mein liebes Kind, und will auch platt geschmeichelt sein.* Auf der Kloschüssel steht Allia Paris.

Ich trinke Wasser. Ich trinke Bier. Ich trinke einen Schnaps.

Ejakulat. Wir sind Ejakulat. Alles in allem. Eine männliche Sicht.

Ich gehe zu ihr. Ich freue mich nicht wie sonst. Wann und warum endet Verliebtsein? Der Himmel trägt seine Wolken stoisch. Der Wind erforscht die Straßen. Der Fluss liegt kalt und verlassen da. Ich höre meine Schritte. Ich warte an der Fußgängerampel auf das grüne Licht. Das grün ausschreitende Männchen. Mannequin Piss. Weit gefallene erste Tropfen schlagen auf dem Asphalt auf, verteilen ihr zufällig abgestecktes Muster. Wann hört es auf? Sie erwartet mich und erwartet mich doch nicht wie früher. Unsere Blicke sind längst nicht mehr so neugierig. Man sieht nicht mehr so oft hin. Man hat das Gegenüber gespeichert. Man hat das Bild schon. Als ich läute dauert es nur einen kurzen Moment, bis der Türöffner summt. Mit einem Klicken öffnet sich die Türe dem Druck meiner Hand und ich steige die Treppen dahinter hoch, hoch zu ihr. Ihre Wohnungstüre ist bereits angelehnt. Ich kann eintreten. Sie steht nicht wartend an der Türe, sie sitzt im Zimmer und sagt *Hallo*. Ich gehe zur Balkontüre, schaue aus dem Fenster hinab. Sie hat ihr Buch weggelegt. Eine oft gehörte Platte nähert sich wieder dem Ende. Ich drehe mich um, sehe ihr ins Gesicht, sehe ihr in die Augen und frage sie, ob sie meint, es wäre besser, wenn wir uns für eine Zeit nicht sehen. Sie sagt nichts. Dann sagt sie *ja, vielleicht*.

Gewinn: Der den Aufwand übersteigende Ertrag. Das Total der Erträge abzüglich aller Kosten ergibt den Reingewinn oder Nettogewinn. Der verfügbare Gewinn umfasst neben dem Reingewinn des Geschäftsjahres auch den allfälligen Gewinn- oder Verlustvortrag vom Vorjahr.

Ich öffne meine Augen jeden Tag wieder. Ich erhebe mich. Ich begebe mich in den Tag. Ich erlebe fast dasselbe. Ich werde wach. Ich arbeite. Ich werde müde. Ich ergebe mich in den Abend. Ich erlebe fast dasselbe. Ich begebe mich zu Bett. Ich schließe meine Augen jede Nacht erneut.

Das Leben ist ein Vorbeigehen. Nicht mehr und nicht weniger.

Ist das gut – ist das schlecht?

Während der Mittagspause kaufe ich mir im Supermarkt eine Dose Sprühsahne. Ich kehre zurück in die Arbeit. Ich nehme den Deckel von der Dose ab. Ich sprühe die Sprühsahne über meinen Arbeitsplatz. Ich sprühe die Sprühsahne über den Monitor. Ich sprühe die Sprühsahne über die Tastatur. Ich sprühe die Sprühsahne über die Akten. Der Manager fuchtelt mit den Armen. Ich sprühe die Sprühsahne in sein Gesicht und sehe die fleischige Zunge herausfahren. Die leere Dose werfe ich in den Abfalleimer.

Ich hänge meinen Rucksack um und mache mich auf den Heimweg. Ich gehe am Supermarkt vorbei und kaufe mir Sprühsahne. Sprühsahne, soviel ich in den Rucksack bekomme.

Ich atme ein. Ich atme aus. Ich will weiter.

Ich gehe in die Bank und laufe Amok mit Sprühsahne. Ich sprühe sie auf den Geldautomat. Ich sprühe sie auf den Kontoauszugsdrucker. Ich sprühe sie auf den Überweisungsautomat. Ich sprühe die Sprühsahne den Angestellten und den Wartenden ins Gesicht. Ich übersprühe Prospekte und Poster. Geld Scheiße Geld Scheiße. Wir hängen alle in Endlosschleifen. Und aus die Maus. Ich laufe heim und werfe all mein Geld zum Fenster raus.

Monika Zeiner
Kaum nachweisbare unwesentliche Fehlposten

Wenn ich einen Abschiedsbrief schreiben müsste, dann würde ich es in etwa so machen:

1. Der Brief

Liebe Freunde, das alles ist kein Beinbruch, sondern es handelt sich um eine nach reiflicher Überlegung getroffene Entscheidung. Nachdem ich jahrelang mehrere Varianten erwogen habe und wie ein Eichhörnchen im Baum durch verschiedene Daseinskonzepte gehuscht bin, ohne nennenswerten Schaden zu hinterlassen, möchte ich nun eigentlich lieber nicht mehr. Ich mache mit sofortiger Wirkung meinen Platz frei, er ist noch warm. Allen befreundeten Mitmenschen wünsche ich alles erdenklich Gute. Mit lieben, herzlichen Grüßen, und so weiter.

Das müsste genügen. Sollen sie eben küchenpsychologische Analysen anstellen. Sollen sie in meinen angegammelten Fotokisten herumwühlen und in den Schatten irgendwelcher uralter, auf Papier gebannter Blickwechsel hundeelende Enttäuschungen hineinsehen. Der und der, sollen sie ruhig sagen, der hat ihr damals die Luft vom Mund weggeküsst. Der hat sie in eine Liebesecke hineingedrängt und sie darin aus Versehen zusammengequetscht wie einen von diesen quäkenden Badefröschen. Der hat ihr damals bereits nach zwei Wochen auf der Insel Usedom gesagt, dass er sich Kinder prinzipiell ganz gut vorstellen kann. Und als das Kinderkriegen dann Mode geworden war, Anfang des neuen Jahrtausends, als in Berlin das Ächzen der Espressomaschinen ganz vom Geräuschteppich sabbernder Babylaute absorbiert wurde und ungekämmte Szenepapis mit Heugabelblicken Zustimmungen bewundernder Singlefrauen aus den Touristenmassen am Prenzlauerberg herausfischten, da verließ er sie doch. Verließ er sie da nicht für eine unwesentlich Jüngere, eine blöde Kuh, die erst in zwei Jahren im Kindeswunsch-Alter sein würde?

Eine Mediendesignerin, die sich vor drei Monaten einen Golden-Retriever angeschafft hatte, damit sie im Berliner Steppenwinter nicht vor Einsamkeit mit einem vertrockneten Seestern in angestaubter Plastikhülle verwechselt würde?

Dabei mochte er Hunde nicht. Er war ein Katzenmensch, der grünblitzendes, ichbezogenes Freiheitsblabla hochhielt. Und trotzdem nahm er sie mit auf sein Schloss. In die modernisierte Dachgeschosswohnung in Weißensee (wie abgefahren!), deren stilvolle Einfachheit der ganze Stolz der schwäbischen Hausbesitzer war. Der Golden-Retriever lebte sich auf der Stelle ein. Er wusste nichts von grün-gelben Juniwiesen in rot ausgegossenem Sonnenuntergangslicht. Er wusste nichts von langgestreckten Hügelketten, die gegen den Horizont blau und durchsichtig werden. Er wusste nichts vom Korn- und Grasgeruch, wie er auf Abendspaziergängen die Nasenflügel aufbläht, bevor als rollende Riesentonne das Gewitter vom Berg herunterweht. Der Golden-Retriever war glücklich in seiner Schwäbisch-Berliner Dachgeschosswohnung. Und die Mediendesignerin und Philipp waren es auch.

2. Das Leben an sich

Ich lebe gern. Meistens recht gern sogar. Es genügt wenig, um mich froh, geradezu euphorisch zu machen. Eine mit ausreichend Olivenöl hergestellt Pasta con Pomodori, dazu Mozzarella. Es ist armselig, aber das genügt mitunter. Die Aussicht, am Wochenende auf ein gelbes, aus der Ferne als ein gemaltes Kitschbild leuchtendes Stück Land hinauszufahren. Eventuell in einem See zu schwimmen und danach auf einem trockenen Handtuch aufs Schlüsselbein geküsst zu werden. Dann aber schnell zurück in die Stadt, wo man ganz genau Bescheid weiß über alles, wo die Natur einen nicht überfällt, wo man nicht auf dumme Gedanken kommt. So etwas reicht mitunter.

Mitunter auch nicht. Dann schleppen sich Tage und Stunden um einen grünen Kunstrasenteppich herum, wie Waggons einer alten Modelleisenbahn. Das ist ja total normal. Wenn diese extrem verblödeten Fragezeichen von hinten den Nacken hinaufkriechen, in den Kopf hinein und dort einen müden Dauerschmerz hinterlassen. Wenn ein nachmittägliches Telefonklingeln wie ein

Messerschnitt in die Gehörgänge hineinfährt. Wenn man nicht da sein will. Überhaupt nicht da sein will. Für niemanden. Dann ist das völlig normal, das weiß ich auch.

Es sei denn man wäre im Besitz eines Golden-Retriever-Babys, dann wäre man eventuell exklusiv für das Golden-Retriever-Baby da. Katzen sind doof. Diese Ansicht teile ich – neben dem Wissen über bestimmte physische Eigenheiten Philipps, wie zum Beispiel einen Leberfleck in der Form Afrikas in der rechten Kniekehle – mit der um zwei Jahre jüngeren Hundehalterin und Mediendesignerin. Das ist nicht viel, aber immerhin etwas. Der Katzenliebhaber Philipp, auf dessen rechter Knierückseite eine melanomartige Nachbildung des schwarzen Kontinents die Attraktion schlechthin darstellt, sucht sich ausnahmslos Hundeliebhaberinnen als Freundinnen aus. Das ist konsequent und deutet darauf hin, dass der Katzenmann Auseinandersetzungen keineswegs scheut. In sieben Jahren ließen wir keine Gelegenheit aus, über das Katzen-Hunde-Thema mit Leidenschaft in einen kindlichen Streit zu geraten. Das ist jetzt vorbei. Und ich bin eigentlich nicht traurig darüber.

3. Die Beziehung

Philipp fehlt, das ist zunächst eine Tatsache ohne Wertung. Auch das blaue Sofa fehlt. Das hat er mitgenommen. Darauf liegt in diesem Moment das Golden-Retriever-Baby und wird von Philipp gekrault. Merkwürdig ist, dass ich weniger auf den Hund eifersüchtig bin, als auf Philipp. Trotzdem fehlt er. Wenn ich nachts in einer abendlichen Melancholieabart die Wohnungstür aufschließe, dann dringt kein Fernsehgeräusch ans Ohr. Keine Christiansen-Stimme ist zu hören, die aus dem Wohnzimmer die Wände entlang perlt, mir entgegen. Es empfängt mich Stille und sie lässt meine Caspar-David-Friedrich-Abendromantik in Ruhe. Das ist ein Vorteil, ganz klar.

Mehr Spaß macht auch das eigene Seelenleben, seit P. fehlt. Man lebt einfach und gerade heraus. Ein angehortes schlechtes Gewissen wird nicht jeden Tag elendiger. Mit P. war es zuletzt so, dass das schlechte Gewissen wie eine Kugel in meinem Körper immer mehr zurecht wuchs und alles ausfüllte, was dort an Platz und Hohlräumen existierte. Es breitete sich von der Mitte her aus und formte sich bald zur exakten Nachbildung meiner selbst. Es war als zweites, täuschend ähnliches Ich in mir versteckt, wodurch ich diesen mit sich selbst gefüllten folkloristischen Russenfigürchen glich. Wegen allem hatte ich zuletzt ein schlechtes Gewissen. Kam Philipp mit schwarz verschmierten Händen zur Tür herein, nachdem er mein (!) Fahrrad repariert hatte und stank nach Schweiß, so hatte ich ein schlechtes Gewissen, weil ich fand, dass er stank. Lud er mich in ein übertevertes Restaurant zum Essen ein, hatte ich ebenfalls ein schlechtes Gewissen, weil wir uns gegenseitig langweilten. Selbst als er mich für die hundehaltende Mediendesignerin verließ, hatte ich ein schlechtes Gewissen. Ich wusste, dass ich vom ersten Tag an seine Traumfrau gewesen war. Aber ich hatte nichts Besseres zu tun, als ihn durch mein gemeines Verhalten in die Arme einer x-beliebigen Tierfreundin zu drängen.

4. Beziehung (II)

Im Anfang war es so: Wenn wir entfernt einander dachten, dann erhob sich ein dunkles Tosen, eine überdimensionierte Windhose der Vorstellungen, die vom Berliner Steppenland bis zu den kahlen Bergrücken der Schwäbischen Alb reichte. Wenn wir in Berlin den Tag zur Nacht machten und mit Betttüchern um die Hüfte in der Morgendämmerung Spiegeleier brieten, dann war der Gesang der Vögel so durchdringend, dass niemand in der Stadt ein Wort des Alltags verstand. Unter der Dusche nahmen wir so wenig Platz ein, dass ein dünner Strahl ungeteilt bis ans Lebensende reichte. Verregnete Montage wurden zu Feiertagen ernannt. Im Freundeskreis nannte man uns »die Schnecken«, weil wir aufgrund von Küssen so langsam gingen. Waren wir im Süden des Landes und kamen im Abendrot mit schmerzenden Beinen das Gebirge herunter, dann setzten wir uns lange auf die Wiese und betrachteten die Sonne, die über dem dunklen Hügel eine ausgedehnte Abschiedszeremonie abhielt. Dann wünschte ich, einen überdimensionierten Teleskopstab zu besitzen, den ich ausfahren könnte, bis zur roten Scheibe hinauf. Ich würde das glühende Zifferblatt abstützen, bevor es am Horizont ins Unabsehbare hinabstürzte. Mit dem Teleskopstab wollte ich den Augenblick halten, wie Atlas die Weltkugel. Indem ich die Sonne stützte, würde ich die Zeit zum Stehen bringen.

5. Kindheit und Jugend

Atlas und die Weltkugel. Solchen Bildungskitsch denke ich manchmal ungestraft. Früher war es noch schlimmer, als ich Kind war. Ich war Kitsch hoch drei. Sprang durch Wiesen und Felder und glaubte an die Macht verstaubter lyrischer Texte. »Im Arm der Götter wuchs ich« und so weiter. Dann gab es aber Freundinnen, die unermüdlich stasiartige Seelenbespitzelung betrieben. Wie geht es dir, wie geht es dir? Dabei sahen sie mich lange und durchdringend an, so wie man in ein Aquarium hineinblickt, in dem gerade einer von den Zierfischen verendet. Es war Mode, Probleme zu haben. Man brauchte Probleme, genauso wie man in der Raucherecke herumstehen musste. Ich hatte aber keine. Die Freundinnen verfügten meistens über verfahrene Eltern- und Geschwisterbeziehungen; sie machten sich Gedanken über das Leben in dieser südbadischen Miststadt, die in ihrer angemoderten Spielzeughaftigkeit am besten wie ein Kartenhaus vom Wirtshaustisch gefegt werden sollte. Mit samt ihrer lila Legging tragenden, dauergewellten Bewohnerschaft. Damals war mir das ziemlich egal. Wie gesagt, ich hatte keine Probleme. Also begann ich, mir welche auszudenken. Ich erfand existentialistische Labyrinthe, aus deren weltpolitischen, ökologischen Verzweigungen kein Entkommen war. (Wir befanden uns in den 80ern). Außerdem Hassphantasien: Wie ich einer blondgelockten Friseuse ihre eigene Schere ins Hinterteil stieß. Oder einen für seine kompromisslose Ausländerfeindlichkeit landauf landab geschätzten Wirt mit rotgeäderten Hängebacken in der Wirthausküche kopfüber in den dampfenden Knödeltopf tauchte. Das waren Kleinigkeiten, aber als wir endlich aus der Miststadt wegkamen, waren die ausgedachten Probleme real geworden. Ich hatte sie mir anverwandelt und trug einen maßgeschneiderten exklusiven Hass in mir. Im Laufe meines Heranwachsens, bemerkte ich auch, dass der Tod tatsächlich existiert. Es geschah sozusagen übernacht. Plötzlich war das »Nirgendwo« nicht länger ein diffuser Euphemismus, sondern eine Tatsache, die mit dem Realitätsgehalt eines Frühstückseinkaufs unverhüllt vor einem auf dem Küchentisch stand. Die theoretische Beschäftigung mit dem Abschiedsbrief begann also lange bevor der nette Philipp wie ein freundlicher Gast in meinem Leben vorbeischaute.

6. Inventur

Es dauerte wochenlang bis wir unseren Haushalt inventarisiert hatten. Toaster a zu dir, Toaster b zu mir, blaues Sofa zu dir, weißes Sofa zu mir. Wir überboten uns an Großzügigkeit und benahmen uns wie erwachsene Menschen. Trotzdem war ich froh, dass wir keine Kinder hatten. Die Aufteilung gebrauchter Küchengeräte war kompliziert genug.

Wenn ich abends auf dem verbliebenen Sofa saß und meine Freiheit wie ein kühler Windstoß durch das Fenster hereinwehte, dachte ich an Philipp. An der Wand gegenüber zeichnete sich in hellerem Weiß die Form des blauen Sofas ab. Es fehlte mir nicht, auch heute fehlt es mir nicht. Es war von Anfang an zuviel. Ich könnte den weißen Fleck mit einem anderen Möbelstück zustellen, aber er gefällt mir. Die weiße Form ist eine Art Erinnerung, wirkungsvoller als ein Foto. Sie bezeichnet eine immerhin siebenjährige halbe Ewigkeit und macht darüber hinaus deutlich, dass Zimmerwände verdammt oft gestrichen werden müssen. Der Fleck ist auch so etwas wie ein Fernseher. Ich schaue hinein und es erscheinen Bilder von erstaunlicher Farbigkeit. Erinnerungsreliefe in der Art bunt bemalter antiker Friese, auf denen in lustiger Anordnung Stationen aus unserem gemeinsamen Leben festgehalten sind. Philipp in Unterhose beim Badputzen. Wir beide beim 5mal5-Kilometerstaffellauf im Tiergarten etc.

Der Wandfernseher hat einen erstaunlichen Vorteil. Er verfügt über einen eingebauten Negativszenen-Blocker, wodurch nur die guten Momente gezeigt werden. Das ist super. Ich sitze also auf dem weißen Sofa und habe den Eindruck, dass ich die letzten sieben Jahre verdammt glücklich gewesen bin. An den Brief denke ich selten. Es wäre nicht richtig, wenn der nette Philipp das Ganze abkriegen sollte. Trotzdem würde ich mir gerne alles offen lassen, wo ich jetzt ohnehin so frei bin. Warum soll es besser sein, hier zu sitzen, als nicht hier zu sitzen? Niemand kann einen zum Hier-Sitzen zwingen. Höchstens natürlich der große Mann. Aber der ist tot. Oder er schläft ganz lange, wie es Mütter ihren Kindern gern mit Bezug auf verendete Haustiere verkaufen. Ein ganz langer Schlaf wäre tatsächlich eine Alternative. Oder eine Reise. Eine Zeitreise in ein griechisches Relief. Dort könnte man buntbemalt und ungestört die Jahrtausende abwarten. Und irgendwann müsste doch einmal Schluss sein. Irgendwann würde der große Gastgeber kommen, um im Morgengrauen die Musik runterzudrehen und die letzten Gläser zusammenzuräumen.

7. Der Hund

Ich stehe auf. Sieben Jahre auf einem weißen Sofa sind genug. Zimmerpflanzen, harmlose Ficus Benjamini haben sich in lianenartige Gewächse verwandelt. Sie schlängeln sich, mit einer dicken Staubschicht überzogen, an der Decke entlang. Sie rufen Worte wie: Nutze die Zeit! Oder: Nur der Faule weilt! In der Küche türmen sich Schimmelgebirge auf benutztem Geschirr. Spinnweben haben mit planvoller Genauigkeit einen Raum im Raum konstruiert. Es sieht fast schön aus. Mein Kopf innendrin ist klar und kühl wie eine blaublitzende Kristallkugel und die Gedanken sind zielsichere Pfeile, die durch den Flur schnellen. Niemand ist mir im Weg. Ich weiß, was zu tun ist. Ich stecke drei verschiedene Küchenmesser ein und verlasse die Wohnung. Es ist dunkel. Am geordneten Berufsverkehr erkenne ich, dass der Tag bereits angefangen hat. Gekämmte Menschen sitzen hinter Steuern und hängen an den Rotphasen der Ampeln wie an einem willkommenen Aufschub. Ich bleibe an keiner Ampel stehen, ich muss nicht zur Arbeit, ich habe etwas vor. Ich fahre nach Weißensee. Vor Philipps Haus verstecke ich mein Fahrrad und mich im Gebüsch gegenüber. Ich warte und bin so geduldig wie ein Sozialarbeiter im öffentlichen Dienst. Als die Sonne längst mit ihrer Schicht begonnen, sich allerdings sofort hinter einen betonartigen grauen Himmel zurückgezogen hat, öffnet sich die Tür und die Designerin tritt mit dem Hund an der Leine heraus. Gelangweilt spaziert sie mit ihm drei Schritte nach rechts, drei Schritte nach links. Der Hund funktioniert wie ein Uhrwerk und erledigt beide Geschäfte augenblicklich. Sie gehen wieder ins Haus und keine zehn Minuten später kommt die Designerin ohne Hund, dafür mit Philipp zurück. Beide sehen müde aus und steigen in einen roten Golf. Philipp kriegt eine Glatze, denke ich und warte noch bis das Auto hinter der Straßenbiegung verschwunden ist. Ich verlasse mein Gebüsch und gehe zum Haus hinüber. Die Tür ist verschlossen, deshalb klingle ich bei mehreren Parteien und rufe fröhlich »Post« in die Sprechanlage. Die Tür wird von einigen Seiten mit lauten Summgeräuschen geöffnet, ein nettes Haus, denke ich und steige die fünf Stockwerke hinauf. Etwa fünf Minuten später steige ich die Treppen zusammen mit dem Golden-Retriever wieder hinunter. (Philipp hatte mir, als wir uns einmal ausgesperrt hatten, gezeigt, wie man ein Schloss mithilfe eines einfachen Küchenmessers aufkriegen kann. Er ist selbst schuld, wenn er nicht abschließt.) Als wir unten ankommen, wedelt der Hund nett mit dem Schwanz. Ihm ist es egal, wem er seine Freundlichkeit gleich einem rotgeschnürten Weihnachtspaket jede Minute schenken kann. Bin es halt ich. Wie ein altes Ehepaar laufen wir die Straßen entlang. Fehlen nur die identischen Jogginghosen. Der Betonhimmel öffnet sich für einen Moment und entlässt einen Strahl matter Helligkeit, der auf einem Haufen matschigen Laubs zum Liegen kommt. Es ist offensichtlich Herbst. An einem Baum bleibt der Hund stehen und pinkelt. Danach setzt er sich hin und schaut mich an. Ich schaue ihn zurück an und denke, gut, dass ihr alle gleich ausseht. Anschließend beginne ich hinter vorgehaltener Hand mit der Planung unseres ersten gemeinsamen Urlaubs.

Die Autoren

Vincent Andreas, geboren 1972 in Berlin, studierte Musik an der Hochschule der Künste Berlin, u.a. mit den Fächern Komposition und Experimentelle Musik, und Germanistik an der Technischen Universität. Seit 2000 arbeitet er als freischaffender Autor im Bereich Film und Fernsehen sowie an eigenen filmischen, erzählerischen und musikalischen Projekten.

René Becher, geboren 1977 in Bayreuth, studiert seit Oktober 2002 am Literaturinstitut Leipzig die Fächer Prosa und Dramatik/Neue Medien. Davor studierte er in Mainz und Düsseldorf Germanistik und Informationswissenschaften.

Lars-Arvid Brischke, geboren 1972 in Moritzburg, studierte Energietechnik in Berlin und ist dort heute Referent für energiewirtschaftliche Grundsatzfragen. Er ist Mitbegründer des Lyrikkreises »Die Freuden des jungen Konverters« in Berlin. Letzte literarische Veröffentlichung in ndl Nr. 1/2004.

Peter Clar, geboren 1980 in Villach, studiert Komparatistik, Spanisch und Germanistik an der Universität Wien. Teilnahmen an den vom Wiener Café am Stein veranstalteten Poetry Slams seit Anfang 2000.

Barbara Davidson, geboren 1971 in Bonn, wo sie mit ihrem amerikanischen Vater und ihrer deutschen Mutter aufwuchs. Sie studierte klassische Philologie und katholische Theologie in Bonn, Dresden und Köln.

Rabea Edel, geboren 1982, studiert Romanistik und Germanistik in Berlin. Teilnehmerin des »Literaturkurs Klagenfurt« der Tage der Deutschsprachigen Literatur 2003 und der Autorenwerkstatt 2003 der Neuen Gesellschaft für Literatur (Berlin). Literaturpreis MANUSKRIPTE (Theater unterm Dach, Kulturamt Berlin

– Prenzlauer Berg) 2002 und Literaturpreis der Stadt Arnsberg 2000/2001. Außerdem Stipendiatin der Bundesakademie für kulturelle Bildung 2001. Veröffentlichungen in diversen Zeitschriften und Anthologien.

Nanina Egli, geboren 1980, studiert Geschichte, Neuere und Ältere deutsche Literatur in Zürich. Verschiedene Literaturpreise und Veröffentlichungen.

Karola Foltyn-Binder, geboren 1970 in Wien, arbeitete u.a. als Buchhändlerin, Raubvögelpflegerin, Assistentin der Bundesgeschäftsführung der österreichischen Grünen, Filmproduktionsleiterin. Derzeit ist sie als Redakteurin bei einem Internet-Portal und als Regieassistentin beim Werbefilm tätig. Sie hat einen dreijährigen Sohn und ist mit dem Maler Robert Foltyn verheiratet.

Lea Gottheil, geboren 1975, absolvierte eine Buchhändlerlehre und lebt in Zürich. Lyriklesungen u.a. auf der Basler Buchmesse 2004, Solothurner Literaturtage 2004, Lyrik am Fluss, 2004. Veröffentlichungen in Zeitschriften und Anthologien.

Sibylle Luithlen, geboren 1972 in Bonn, studierte Germanistik und Romanistik in Köln und Erlangen. Mitarbeit an Theaterprojekten und Schreiben von Kurzkrimis fürs Fernsehen. Sie lebt in Brüssel.

Christoph Pollmann, geboren 1969 in Paris. Studierte Germanistik und Philosophie in Schwaben.

Lars Reyer, geboren 1977 in Werdau/Sachsen. Studierte Philosophie, Anglistik und Ethnologie, außerdem am Deutschen Literaturinstitut Leipzig. Veröffentlichungen in Zeitschriften und Anthologien.

Matthias Sachau, geboren 1974 in München, studiert Philosophie, jobbt als Werbetexter und schreibt für ein Berliner Stadtmagazin.

Stefan Schein, geboren 1970 in Greifswald, lebt seit 1991 in Berlin. Er schreibt Lyrik, Kurzprosa und satirische Texte.

Christian Schloyer, geboren 1976 in Erlangen, studiert Philosophie, Germanistik und Theaterwissenschaft in Erlangen. Mitbegründer der Autorengruppe »Wortwerk Erlangen/Nürnberg« (2000). Förderpreis der Kulturläden der Stadt Nürnberg (2003). Publikationen in Zeitschriften und Anthologien.

Albrecht Selge, geboren 1975 in Heidelberg, studierte Neuere deutsche Literatur und Philosophie in Berlin und Wien. Neben verschiedenen literarischen Arbeiten stellte er 2004 den Kurzfilm »Ikarusfilms 1« fertig. Er ist derzeit freier Autor und Journalist in Berlin und arbeitet an weiteren literarischen und filmischen Projekten.

Nikolai Vogel, geboren 1971 in München, studierte Neuere deutsche Literatur, Philosophie und Informatik. Arbeit als Autor und Web-Entwickler. Mitbegründer des Literaturprojektes »Black Ink« (1993). Mitveranstalter der Münchner See-Lesungen 1996–2000. Mitarbeit an textkritischen, elektronischen Ausgaben von Musil und Goethe. Dritter Platz bei Literatur.digital 2003 für sein Projekt »Die Lesbarkeit der Weltliteratur«.

Monika Zeiner, geboren 1971 in Würzburg, studierte Anglistik, Romanistik und Theaterwissenschaft in Erlangen, Berlin und Neapel. Seit 1996 Text und Regie für verschiedene Theaterproduktionen (Theater Hedwig, Drameteam). 2003 und 2004 Kurzhörspielserien »Problemzonen« und »Fülle des Wohllauts« für SWR2 und RBB Kulturradio. Seit 2000 Text und Gesang für die Band marinafon (Italo-Post-Jazz).

Die Jury

Thomas Hettche, 1964 geboren, lebt in Frankfurt am Main. Er veröffentlichte bisher u.a. »Ludwig muß sterben« (1989), »Inkubation« (1992), »Nox« (1995) und »Der Fall Arbogast« (2001). Er war fünf Jahre Jurymitglied beim Ingeborg-Bachmann-Wettbewerb in Klagenfurt. Ausgezeichnet wurde er u.a. mit dem Robert-Walser-Preis.

Michael Lentz wurde 1964 in Düren geboren. Er erhielt diverse Preise, u.a. den Förderpreis des BDI. Für »Muttersterben« (2002) erhielt er den Ingeborg-Bachmann-Preis. Der Gedichtband »aller ding« erschien 2003, im selben Jahr der Roman »Liebeserklärung«. Er ist Direktor der Freien Akademie der Künste zu Leipzig.

Christina Viragh wurde 1953 in Budapest geboren. 1960 emigrierte sie in die Schweiz. Sie studierte in Fribourg und Lausanne Philosophie und Literatur, war von 1985 bis 1987 Teaching Assistant für Französisch an der University of Manitoba und arbeitete als Übersetzerin aus dem Französischen, Englischen und Ungarischen. 1992 veröffentlichte sie ihren ersten Roman »Unstete Leute«, 1994 »Rufe von jenseits des Hügels«, 1997 »Mutters Buch«, 2003 erschien ihr vierter Roman »Pilatus«. Sie lebt in Rom.

Preisträger und Jury 1993–2003

Jahr	Jury	Preisträger
1993	Uwe Kolbe Ginka Steinwachs Peter Wawerzinek	Wolfgang Schlenker Tim Krohn Kathrin Röggla
1994	Bodo Hell Katja Lange-Müller Michael Wildenhain	Ulf Stolterfoth Karen Duve Michael Müller
1995	Sabine Peters Walter Klier Jan Faktor	Julia Franck Sabine Neumann Christian Futscher
1996	Friederike Kretzen Kerstin Hensel Wilhelm Bartsch	Marcus Jensen Vera Henkel Olaf Behrens
1997	Margit Schreiner Kurt Drawert Michael Roes Burkhard Spinnen	Robby Dannenberg Björn Kuhligk Terézia Mora
1998	Brigitte Oleschinski Marlene Streeruwitz Georg M. Oswald	Boris Preckwitz Stephan Groetzner Tobias Hülswitt
1999	Birgit Vanderbeke Kathrin Schmidt Arnold Stadler	Almut Tina Schmidt Jochen Schmidt Michael Stauffer

Jahr	Jury	Preisträger
2000	Terézia Mora Gerhard Falkner Silvio Huonder	Zsusza Bánk Claudia Klischat Markus Orths
2001	Julia Franck Jens Sparschuh Adolf Muschg	Nico Bleutge Erika Anna Markmiller Tilman Rammstedt
2002	Ulrike Draesner Josef Haslinger Birgit Kemper	Kai Weyand Christian Schünemann Ariane Grundies
2003	Karen Duve Ingomar v. Kieseritzky Ferdinand Schmatz	Kerstin Fuchs Petra Lehmkuhl Veronika Reichl
2004	Thomas Hettche Michael Lentz Christina Viragh